おんなのじかん

吉川トリコ

新潮社

おんなのじかん　目次

おんなのじかん

はじめに

二十六歳で子どもを産もうと思っていた。

二十六歳。

母が私を産んだ年齢である。初産だった。

現在の感覚からするとずいぶん早いように感じられるかもしれないが、一九七七年生まれの私からしてもちょっと早いかな、というぐらい。母の世代にしたら早くもなければ遅くもない、ちょうどいい頃合いだったんじゃないだろうか。

私と同い年の安室奈美恵が二十歳で妊娠・結婚したときは、日本中がひっくり返るほどの大騒ぎになった。「できちゃった結婚」なる言葉があちこちで使われるようになり、安室ちゃんに続けとばかりにでき婚した地元の同級生も何人かいた。

当時、私の周辺ではわりかしみんな迂闊にセックスしていたので、「授かる」というよりやはり「できちゃった」というほうがしっくりくる。古より伝承されてきた避妊法「外出し」が有効であると、我が地元に於いてはまだ信じられていた時代の話である（もしかしたらいまだに信じている人もいるかもしれないが、妊娠を望んでいないセックスのときはコンドームをしなきゃだめだぞ！　たとえピルを飲んでいたとしても性感染症予防のためにしとこうね！「おまえを直に感じたい」とか言われても、「は？　ないわ」と力強く突っぱねよう！）。

我が地元は、日本全国そこらじゅうにある典型的な郊外の町である。市街地まで出ればそれなりに商業施設はあるし、人口だってそこそこの数字になるから、田舎と呼ぶのはちょっと憚《はばか》られるのだが、家の近くにはかろうじてコンビニが一軒あるぐらいで（しかも零時に閉まる）、バスは一時間に二本、最寄りの駅まで歩いてゆうに三十分はかかる。都会（名古屋）まで出ればだいたいのものは手に入るけど、片道の電車賃六百四十円は中高生にとってはなかなか捻出できる金額ではなく、車を運転できない子どもが「閉じ込められている」と感じるには十分な環境だった。

90年代前半、そんな郊外の町で私は思春期をすごした。ヤンキー文化に染まりきった準ヤンキーがクラスの大半を占める中学に通い、はじめてつきあった男の子も例にもれず準ヤンキーだった。短ラン&ボンタンを着用し、鼻にかかるぐらいの長さまで前髪を伸ばし、解散して何年も経つBOØWYをしつこく聴き続け、免許もないのにバイクの話ばかりしているような彼のいったいどこが好きだったのか、いまとなってはさっぱり思い出せないのだが、おそらくは性欲と好奇心がないまぜになった感情を恋だと思い込んでいたのだろう。

古いジェンダー規範、保守的な結婚観、「イエ」という概念がいまだいきいきとした存在感を放つ我が地元では、同級生の多くが二十代で結婚し、出産している。しかも、そのほとんどが二人ないし三人の子どもを産んでいる。少子化なんて嘘なんじゃないかと疑ってしまうほどの出生率の高さである。

十代の多感な時期をそのような環境で過ごし、そのような価値観にどっぷり浸かっていたからか、なにひとつ疑問に思うことなく、すんなりすくすくとごくごく自然に、女はいつか結婚し子どもを産むものだとある時期まで私は思い込んでいた。みんなそうしてるから自分もそうするのだと。母の初産の年齢を基準にしてしまうほど、まぶしいぐらいの健やかさで。

子どもが欲しいと心から望んだことは一度もなかった。かといって、欲しくないとはっきり思ったこともない。そのことについて深く考えたことすらなかった。

もしかしたら、若くして子どもを産んだ同級生たちだって、はっきりとした決意と覚悟をもって子どもを産んだわけじゃないのかもしれない。迂闊にセックスして迂闊にできちゃった（ように見えた）彼女たち、それから夫であるかつての準ヤンキー少年たちも、若さと勢いと、「子どもできたらそりゃ産むっしょ、産んで育てるっしょ」という清々しいまでのシンプルさで子どもを産み育てているんじゃないだろうか。そりゃあもちろん、中には確たる決意と覚悟でもって子どもを産み育てる人もいるだろうが、みんながみんなそうでなければならないのだとしたら、少子化なんていまの比でないぐらい酷いことになっている気がする。

これを書いている現在、四十三歳の私は子どもを産んでいない。

四十三歳。

生殖医療の進歩により、女性の生殖タイムリミットが延び、まだいけなくもないかもしれない、というぐらいの年齢である。四十歳なら迷わず不妊治療を続けていただろうし、四十五歳ならきっぱり諦められるだろうに、という年齢。

クリスマスケーキ理論が年越しそば理論に変化を遂げたりだとか、○歳までに子どもを産んでおかないとまずいだとか、○歳をすぎてミニスカートを穿くなんてありえないだとか、ことほどさように女には、年齢にまつわるあれやこれやの言説がつきまとう。それは、ある場面では指針になり得るかもしれないが、同時に女を縛りつける呪いにもなりかねない。

本書は、新潮社のウェブマガジン「考える人」での連載をまとめたものである。女を縛りつける数々の呪いを、私自身がいかにすり抜けてきたか、またはすり抜けられなかったかなどについて、一年半の月日をかけて折々書いてきた。私の場合はこうだったああだったと連載中、多くの読者からさまざまな反響をいただいた。最初の読者である担当編集者（て）氏も大いにメールで語ってくれた。ごく個人的な経験を綴ったエッセイではあるが、同じ時間を生きてきたあなたの郷愁とおしゃべり欲を刺激するような一冊になっていたらうれしい。

また、本書では不妊治療についてくりかえし書いているが、おもに二〇一八年前後の情報であること、クリニックによって治療方針はさまざまであること、あくまで一患者から見た風景であることを念頭に置いた上でご一読いただけるとさいわいである。

やさしさまでの距離

行きつけの鶏料理屋さんで夫と夕食を食べていたら、隣に座った五十歳前後の男女二人連れが話しているのが聞こえてきた。夫婦なのか友人同士なのか上司と部下なのか、ちょっとよくわからないかんじではあったけれど、親しい間柄であることはすぐに見て取れた。二人でビールの大瓶をすでに二本、空けていた。

同じ職場の女性が急に休むことが増えた、どうやら不妊治療をしているらしい、しわ寄せがぜんぶこちらにきて迷惑だ、といったようなことを女性のほうがまず愚痴りはじめた。胚《はい》盤胞《ばんほう》を移殖したばかりでビールも飲めず、妊娠中は生肉があかんらしいから大好物の鶏の霜降りもひとかけらでがまんしていた絶賛不妊治療中の私は思わず、「詳しく話を聞かせてもらおうか」と身を乗り出しそうになった。すると、

「でも不妊治療って大変らしいよぉ。前にうちの部署でもやってる人おったけど、いつ病院に行かなきゃいけないのか直前にならないとわからんのだって」

連れの男性のほうが女性をなだめにかかった。そうだそうだ、その通りだ！　もっと言っ

てやれ！と鶏の磯揚げを噛みしめながら私は内心で拳をふりまわした。

それでも女性のほうは、ああでもないこうでもないと文句を言いつのる。不妊治療するなって言ってるわけじゃないんだよ、するならするでちゃんとして欲しいっていうか、それがあたりまえみたいな態度でいるから、どうしてこっちがその分のフォローをしてあげなきゃいかんのって思うわけ、うんぬんかんぬん。

いつもだったら、口に入れた瞬間すぐおいしいすごくおいしいはずのもも焼きの味が、よくわからなくなった。


参考までに、体外受精の採卵周期のスケジュールをざっと記しておくと、月経二日目か三日目に診察。その四、五日後にまた診察。さらにその四、五日後ぐらいにまた診察。そこからは刻んでくる。とにかく刻んでくる。毎日受診しろと言われることもあれば、二日置きの場合もある。ここに注射が入ってくることもある。自宅で自分で打つこともできるが、通院して打つほうが安くあがるので私は毎日通うことにしていた。

そんなかんじで約二週間、スケジュールを病院に縛りつけられてようやく採卵にいたるのである。この後に控えた移植周期は採卵周期よりやや拘束がゆるいけれど、期間が若干長くなる。一般不妊治療と呼ばれるタイミング法などでも、排卵前は毎日通院するよう指示される場合がある。ちなみに一回の受診で軽く二時間はかかる。受付から会計まで最長で四時間かかったこともある。完全予約制にもかかわらずである。

ここまででご理解いただけたと思うが、会社勤めをしながら通院するなんて、どだい無理な話なのだ。

私は月経周期が安定しているほうなので、旅行や観劇など先の予定が立てやすくはあるけれど、それでも計算がくるうこともある。仮に計算通りにいったところで、次いつ受診しろと言われるか、すべては卵子の成長具合とホルモン数値次第である。

病院の方針にもよるとは思うが、私が通っているクリニックの院長はかなりの圧制者で、「その日は用事があって病院に来られません」などと言おうものならたちまち不機嫌になり、「そんじゃ、もうやめる？　俺の言いなりにならんやつは知らんよ」ぐらいの圧をかけてくる。絵に描いたようなドクハラである。不妊治療患者の多くが切羽詰まっているので、かんたんにコントロールできるのだろう。それが余計に院長をつけあがらせ、モンスターにさせている気がどうもする。

ちなみにこの院長、夫と二人で受診すると、人が変わったみたいに低姿勢でやさしい口調になるから「マジか」となる。「ほんとに男は男が好きだな?!」と思ってしまう（あらヤダいけない私としたことがでかい主語でしゃべってしまった）。基本的に夫婦二人で受診しろと指示されるのは初診のときだけで、それ以降はだいたい妻一人で来院することになるのだが、そんなわかりやすい態度を取られると、そりゃそうですよね、外でバリバリ働く男性をわざわざわざ妻のホルモンや卵子の調子で振りまわすわけにはいきませんよね、ええそうですとも、妻もバリバリ働いてますすけどね?!と額に青筋を立てたくもなる。

百席ほどの椅子がずらりと並んだ待合室は見事に女ばかりだ。土日になるとそこに男性が交じることもあるが、九割以上が女性で、みんなスマホを見たり、本を読んだり、パソコンで仕事したりしながら静かに従順に番号を呼ばれるのを待っている。

この人たちはみんなどうやってここに来ているんだろう。ときどき茫然として、その様子を眺めてしまうことがある。

中には私のようなフリーランスもいるだろうし、ある程度は時間をやりくりできる職場で働く人もいるのかもしれないが、おそらく大半の人はそうではないだろう。クリニックのパンフレットを開くと、「治療のために仕事を辞める必要はない」とモンスター院長は人が変わったようなキラキラ笑顔でのたまっているけれど、「この日は仕事があって来られません」などと言おうものなら(以下略)である。

一度や二度の体外受精ですぐに妊娠できればいいけれど、長引く場合は何年も病院に縛られる生活を送るはめになるわけで、仕事との両立が困難を極めることは想像に難くない。不妊治療(とりわけ体外受精)に対する偏見や無理解がまだまだ根強く、制度のととのっていない社会ではなおさらのことである。実際に多くの女性が会社を辞めたり、転職したりしているようだ。それでなくとも体外受精には保険が適用されず(※二〇一九年時点)、血を吐くほどのお金が必要だというのに、考えれば考えるほどどんどん胸が暗く塞がれていく。

以上のことをふまえて冒頭に戻るわけだが、私がフリーランスだったからよかったようなものの、もし会社勤めをしながら不妊治療をしている女性が同じ話を聞いたら、どれほどいたたまれない気持ちになったことだろう。

しかし、なにより私が驚いたのは、

「まあまあ、そんなこと言わずに助けてやりなよ。かわいそうだろ」

女性の愚痴をいなすように放った男性の一言だった。そうだそうだ、その通りだ！とはもう乗っかれなかった。

おそらく年齢的にみて役職も上のほうだろうから、職場に不妊治療で休む女性社員がいたとしても、そのしわ寄せが彼のところまでゆくことはないのだろう。だからこそ「理解」を示せるのだろう。そういうぜんぶが、この一言で窺えるようだった。「女の敵は女」というクソ死語が太古の昔に存在していたが、もしかしたらこういう人が好んで使っていた言葉なのかもしれない。

隣の声が聞こえていたのかいなかったのか、正面に座る夫は、すっかり食欲を失ってしまった私の分まで、お櫃《ひつ》のごはんをぺろりと平らげていた。

たぶん知らないんだろうな、と思う。知らないから、自分ばかりが損をしているように感じるのだろうし、理不尽なあまり、なんにも悪くない相手を責めてしまうんだろう。

会社勤めをしたことのない私が、女性の言い分に胸をつねられたような気持ちになってしまうのも、彼女がどれだけのものを負わされているか知らないからだ。敵なんてほんとはいないのに、いたほうが楽だから無理やりにでも探してしまおうとする。

だれか
もつれた糸をヒュッと引き
奇妙でかみあわない
人物たちを
すべらかで
自然な位置に
たたせては
くれぬものだろうか

こういうとき、いつも思い出すのが大島弓子先生の超激名作『バナナブレッドのプディング』に出てくる一節だ。

このごろは、毎日のように、どこかしらでもつれた糸を見かける。こんがらがりすぎてどこから手をつけていいのか、どうやって変えていったらいいのか、見当もつかないようなことばかり。ついつい、だれかの大きな手がのびてきて、ヒュッと糸を引くような鮮やかな解決をもたらしてくれないものかと望んでしまうけれど、根深い問題が山積みで、現実はなかなかそううまくいきそうにない。私にできることといえば、こうしてエッセイを書いたり、小説を書いたりすることぐらいである。

二年前に流産したことを新聞のエッセイに書いたら、私も経験があります、私もです、と教えてくれる人が続々とあらわれた。その後、Twitterやエッセイで不妊治療のことを書いたら、実は私もやっています、実はうちの子もそうなんです、と教えてくれる人がやっぱりあらわれた。うちの子は養子なんだよ、と教えてくれる人もいた。両手でだいじにだいじに掬《すく》い取るように、どの人もそっと手渡してくれた。長いこと文筆業をしてきたけれど、あんなにも書いてよかったと思ったのははじめてだった。

知らないより知っているほうがやさしさに近づけるのであれば、私は知りたいと思うし、知ってほしいとも思う。そうやって少しずつでも距離をつめていこう。

男に生まれたほうが
生きやすいか

女に生まれたほうが
生きやすいかと

わたしはどっちも同じように
生きやすいということはないと
答えると

『バナナブレッドのプディング』のラストはこんな一節からはじまる。「答えると」の先がどんなふうに結ばれているのかは、ぜひ手に取って読んでみてほしい。この世に生まれ、ここまでたどり着いたことを祝福してくれるような名文である。

いつかいなくなる人

七月の頭に一週間ほど東京に滞在した。

といっても遊んでいたのは最初の一日だけで、新刊のインタビューを受けたり、神楽坂にある新潮社の宿泊施設にカンヅメになってゲラをやったりしていたのだが、週末に東京の友人が恋人を連れて神楽坂まで会いに来てくれた。

新刊が出たお祝いにシャンパンをごちそうになり、そのお礼ってわけでもないけれど、夫とのなれそめやなんやらを訊かれ、えー、言わないよ、恥ずかしいじゃん、とへらへらしながらも大体のことはべらべら話した。齢《よわい》四十もすぎると恋バナをすることなどめったにないし、いまどきはそんなプライベートのことをねほりはほり訊いてくる人もあんまりいないのだが、他人の恋の話を聞くのが大好きだという二人は追及の手を止めようとしなかった。熟練のコンビネーションで矢継ぎ早に、ねほりはほり訊いてきた。

「つきあうきっかけは？」

「二人で、公園に花火をしにいって……」

「ふむふむ、公園で花火ということは、さては夏ですね」

こめかみを押さえながらつぶやいた恋人に、「いや、名探偵みたいに言ってるけど、それだれでもわかるやろ」と友人がつっこんで、三人で笑った。「探偵は探偵でも毛利《もうり》小《こ》五《ご》郎《ろう》やな」と言ってまた笑った。あっというまにシャンパンを一本空けてしまった。


夫とは二十歳の夏からいっしょにいる。

私が実家を出るのとほとんど同じタイミングだった。一人暮らしするために借りたアパートに彼が転がり込んできて、それからずっとおままごとみたいに暮らしていた。二人とも生活というものがどういうものだかまるでわかっておらず、暮らしていくのに毎月どれだけのお金がかかるのかや、税金や年金や健康保険のことや、ごみの分別や排水溝の掃除の仕方、揚げ物をしたあとの油の保存方法、そういう日々のあれこれをなおざりにし、ゲームをやったりレンタルした映画を観たり夜中にアイスを食べたり、秘密基地の延長みたいな毎日を送っていた。缶詰のトマトを潰しただけの酸っぱいスパゲティとオムライスを週に一度は作った。オムライスにはもちろんケチャップでおたがいの名前とハートマークを描いた。ぬか床は何度挑戦してもだめにしてしまった。

だれか、好きになっていい人が、私はずっと欲しかった。

十代のとき、いくつか恋とも呼べないようなものをした。数日で「やっぱやーめた！」となるような幼いごっこ遊びもあったし、粉をかけられ、こっちがのぼせあがったとたん、向こうがすーっと引いていくこともあった。二股をかけられたこともあった。この世のすべてのやり逃げ男というやり逃げ男のちんこが勃起不全になればいいのにと涙で枕を濡らす夜もあった。

恋人というのは、どんだけでも好きになっていいものなんだと思っていた。思うぞんぶん愛情をぶつけ、執着し、その人のことで頭をいっぱいにしても許されるんだと。恋人だからといってあんまり好きになりすぎると、重いと引かれることもあるなんて考えもしなかった。だって少女漫画には、主人公のひたむきな愛を拒絶する男の子なんて出てこない。『イタズラなKiss』の入江くんはいやがる素振りを見せつつ、最終的にはいつも琴子を受け入れてくれる。十代の読者の目から見ても、琴子は相当にうざいヒロインだったのに。

彼と暮らしはじめた最初の二年ほど、私はほんとうに腑抜けていた。空白の二年だったと言ってもいい。ようやく愛情のはけ口を見つけ、若さとエネルギーをもてあましていた私はその行為に夢中になった。彼がそばにいないとなんにも手につかなくて、ろくに本も読まず、子どものころから書くのがくせになっていた小説も書かずに、毎日ごはんを作ってひたすら彼が帰ってくるのを待っていた。彼が帰ってきたらきたで、どちらにせよなんにも手につかず、いつもぴったりくっついてテレビを見たり、彼が毛抜きで一本一本髭《ひげ》を抜くのをじーっと見つめていたりした。体のどこか一部が触れていれば安心できた。

結婚したい、結婚したい、結婚したい、と毎秒ごとに思っていた当時の自分に、あんた三十八歳になるまで結婚できないよと教えてやったら絶望で泣き叫ぶだろう。でも安心しな、相手はいまの彼ぴっぴだからね、と言ったら泣きやんでくれるだろうか。逆にもっと不安になるかもしれない。大丈夫だよ、二十六歳で小説家デビューすることになって、わりとそのへんのことはどうでもよくなるから、と教えてあげたら喜ぶだろうか。……おそらく信じてくれない気がする。

うってかわっていまの私ときたら、自分がいつ結婚したかもちゃんと把握していなくて、これを書くにあたってFacebookのログをさかのぼって結婚報告のエントリーを探したりしているのだから、人間というのは変われば変わるものである。これからはFacebookではなくこのエッセイを参照すればいいように日付も書いておこう。二〇一五年十月十九日、三十八歳の誕生日に私たちは結婚しました。

それにしても、あのモーレツ恋愛バカ女に夫はよく耐えていたなと思う。逃げ出したくなることもあっただろうに、よく我慢して受け入れてくれたものだ。いまの夫と二十歳のころからつきあっていると話すとたいてい驚かれるのだが、中には「なにそれ少女漫画じゃん！別マじゃん！」ときゃあきゃあ盛りあがる人もいた。なるほどそうか、うちの夫は入江くんだったのか。

それでも、あのころより愛情が減ったとは思わない。エネルギーの絶対量が減り、執着が薄れ、依存先があちこちに分散されただけで、むしろあのころよりいまのほうがはるかに夫を好きだ。いまなお私は、『一休さん』のテーマソングかってぐらいの勢いで毎秒ごとに「すき!」と思っているし、LINEでやりとりしている最中にハートの飛びかうラブラブスタンプを送りそうになる衝動を毎回こらえている。リビングで夫がテレビを見ているときは、すぐ隣の寝室で本を読んでいることが多いのだが、五分ごとに様子が気になって名前を呼んでしまう。「なに?」とめんどくさそうに、けれど律儀に夫は応えてくれる。「なんでもない」と言って私は読みかけの本に戻る(うぜえ)。そのせいか、私は本を読むのがすこぶる遅い。

神楽坂のシャンパンバーでボトルを空けたあとは、中華料理屋に移動してワインを赤白一本ずつ空けた。さんざんねほりはほり訊かれたので、今度は私が二人のなれそめをねほりはほり訊く番だった。たしかに、他人の恋の話を聞くのはたのしいものだ。

「この先、別れるっていう選択肢はないかな」

二人がそう言って頷きあったのを見て、すでにしたたか酔っぱらっていたけれど、勝手に誓いの言葉を聞く証人のような気持ちになってしゃんとした。そう言い切ってしまえることが、うらやましくもあり頼もしくもあった。

長くいっしょにいる相手のことを「空気のようだ」と表現する人がいるけれど、空気がないと死んじゃうから、そういう意味なら私にとっても夫は空気だ。だけど、「あたりまえにあるもの」という意味ならちがう。

夫のことを、いつかいなくなる人だとどこかで私は思っている。十代のころにした恋とも呼べないようなものらの影響も少しはあるかもしれないが、おそらくはある日を境にふつりと私の人生からいなくなってしまった父親の影響だという気がする。わからない。そこに因果関係なんてないのかもしれない。

二十代のころはそれがこわくてこわくて、だからあんなにも執着したのだろうし、毎日不安でたまらなかったんだと思う。部屋の中に彼の荷物が増えるごとに、楔《くさび》が増えていくみたいでうれしかったことを覚えている。結婚したからといって不安が消えるわけでもないのに(私の父と母だってかつては結婚していたんだし)、わかりやすく固い楔がほしくて結婚を望んでいた。「この恋を永遠のものにしてやる!」と机をばんばん叩く勢いで。永遠なんてかなわないと知りながら。

ウォン・カーウァイの『ブエノスアイレス』をはじめて観たのは学生のころで、なんだかよくわからないけど妙に印象に残る映画だった。タンゴを踊るトニー・レオンとレスリー・チャンがこの世のものとは思えないほど美しくて、せつなく胸をかきむしられた。異国の地から帰れなくなってしまった二人の男。恋人が出ていってしまうことを恐れ、彼のパスポートを隠す主人公。二回目に観たのはいつだったか思い出せないが、トニー・レオン演じる主人公の気持ちをその時には知っていた。

終わりの予感の中で踊るタンゴはめまいがするほど甘美だ。

パパのこと

前回、消息不明の父のことをちらりと書いたら、なんと偶然父から何十年かぶりに連絡があったらしい。母方の親戚の家に電話してきた父は、離婚した際、母に預けた手形を返せ、と言ってきたそうだ。

まだ生きてたんだ、とまず驚き、まだお金に困ってるんだ、と続いて思った。

母が言うにはそんな手形など預かった覚えはないし、仮に手形があったとしても、祖父の会社だってもうとっくになくなっているのでなんの意味もない、ということだった。何度説明しても父はそれを呑み込めず、電話口でえんえん喚《わめ》きたてていたそうだ。おそらく認知症がはじまっていて、唐突に昔の記憶がよみがえって電話してきたのではないかというのが、直接、電話を取った伯母の見立てである。

「ずっと会いたかったけど、これでもう会うことはなくなったね」

と言う妹（ま）に、

「それでも私は会いたいよ。会ってちゃんと父親に失望したい」

と私は答えた。

ずっと、その機会を不当に奪われ続けてきたという感覚がある。私にとって父親というのは「いないもの」で、だからいまでも甘くロマンティックなものとして心の一部を占めている。


「お父さんって、どんなかんじの人だったの?」

いつだったか、夫に訊かれたことがある。

「玉置浩二と大竹まことを足して割ったみたいなかんじ」

と答えたら、

「それ、めちゃくちゃかっこよくない?」

と夫は驚いていた。

言われてみたらそうだな?と指摘されて、私も驚いた。だけどほんとうに、私の薄ぼんやりとした記憶の中の父はそういうふうなのだ。若いのにシルバーグレーの髪。髭は生えていたりいなかったり。眼鏡を取ると、急に知らない人みたいに見えてどきりとした。

両親が離婚したのは、私が小学校一年生のときだった。

放蕩者だった父はほとんど家に寄りつかず、賭場や酒場に出入りして、とんでもない額の借金をこさえてきては、祖父にぜんぶ肩代わりしてもらっていたそうだ。たまに酔っぱらって帰ってくると母が止めるのも聞かずに寝ている娘たちを叩き起こし、「パパとママ、どっちが好きだ?」と問い詰める。「どっちもおんなじぐらい好き」と要領よく答えた私は早々に解放してもらえたが、「ママのほうが好き」とかたくなに譲らなかった妹（ま）はいつまでも許してもらえなかった。

浜松から新幹線に乗って新宿紀伊國屋と八重洲ブックセンターに本を買いにいくほどの読書家で、絵に描いたような高等遊民だったこと。家族四人で食事するのにフレンチレストランを貸切にしたこと。唐突な父の思いつきで開園したばかりのディズニーランドに向かい、入場待ちの列にひるんで上野動物園に向かったものの休園日で、最後に滑り込んだとしまえんでメリーゴーラウンドだけ乗って帰ってきたこと。

いっしょに暮らしていたころの父の記憶はほとんどなく、すべて母から聞いた話だ。両親が離婚した後も、夏休みと冬休みには名古屋から高速バスに乗って、浜松の父のもとへ遊びに行った。

といっても、停留所まで迎えにきてくれるのは祖父母だったし、健康ランドや川に遊びに連れて行ってくれるのも祖父母だった。どこか別の場所で暮らしているらしい父はたまにふらりと顔を出すぐらいで、間が持たなくなると小学生に一万円という大金を握らせ、すたこらさっさと逃げていった。ときには、おもちゃ屋でなんでも好きなものを買ってくれることもあった。だからうちにはファミコンのソフトが山ほどあったし、小学校低学年の子どもには分不相応なディスクシステムまであった（実際まったく使いこなせなかった）。

そういう形でしか、子どもに愛情を示せない人だった。自分の時間を割いてまで子どもにかかわる気などなく、金さえ与えておけば役目を果たせると思っていたんだろう。そのくせ、愛情の見返りをきっちり求めてもいた。

どうしようもない父親だと切って捨てられれば話はかんたんなのだが、いまの私はむしろ彼にシンパシーを覚えるような大人になってしまったので、失望は遠のくばかりである。

「新しいお父さんのこと、好きか？」

名古屋の地下街を父に手を引かれて歩きながら、そう訊かれたことをいまでもはっきり覚えている。母の再婚が決まり、父が名古屋まで会いに来たときのことだ。母と妹（ま）はどこかの喫茶店にいて、私は父に連れられトイレから帰ってくるところだった。

「うん、好きだよ」

なんにも躊躇することなく、ごくごく普通に答えた。そっか、と父はつぶやいて、それきりなにも言わなかった。パパとどっちが好きかと訊いてくれたら、「パパに決まってるじゃん」と答えてあげたのに。

それから父も再婚した。私には母親のちがう弟がどこかにいるはずなのだが、生まれたばかりの赤ん坊の姿しか見たことがない。面白半分で会ってみたいとは思うけれど、その後どうつきあっていったらいいのか、おたがい困るだろうから会わないでおくほうが賢明だとも思う。

いつかこんな日がくることを母は恐れていた。お金に困った父が娘たちに会いにきて無心することを恐れるあまり、再婚後は父とつながる糸を断ち切った。それでも古い電話番号は生きていたわけで、本気で会いたいと思えばいくらでも会いに来られたはずだが、父は一度も私たちの前にあらわれなかった。

いまなら自分で選べる。母は望まないだろうが、会いたければいかようにしてでも会いに行ける。だけど私には、それだけの覚悟も胆力も気力もない。

一度、夫の運転する車で浜松の祖父母の家を見に行ったことがある。そこに父がいないことはわかっていたが、チャイムを鳴らしさえすれば父につながる糸があるはずだった。日付が変わるぐらいの遅い時間だったことを言い訳にして、私はその糸に手を伸ばそうとはしなかった。

たまに会っておいしいものを食べてお小遣いをあげて、それぐらいで済むならいますぐにでも会いに行きたいが、父がいまどういう状況にあるのかわからないからそれが怖い。百万か二百万か、その程度の金を渡してすっぱり別れられるなら、金なんていくらでもくれてやるけれど、別れられなかったときのことを考えると恐ろしくて足がすくむ。

私も父と同じだ。自分の時間や労力を割いてまで、いまさら父にかかわりたいとは思えない。金で解決できるならそのほうがいい。離れていた時間を乗り越えられるほどの気持ちがもうない。もっと早い段階でとことんまで父親に失望できていたら、こんなふうに揺れることもなかったのだろうが、その気になれば会いに行くことだってできたのに行かなかった。それがすべてだという気もする。

いつかこんな日がくることを私も恐れていた。いつまでも甘い感傷に酔っていたかったが、いよいよ父を捨てなければならないようだ。

ところで私は『ロイヤル・セブンティーン』というアメリカのティーン映画が大好きなのだけど、生き別れの父親が実はイギリスの名門貴族でした！なんておとぎ話に自己投影してべちょべちょに泣いてるあたり、ほんとうにいろいろとだめな大人になったものだなと思う。だって父親を演じてるのがコリン・ファースなんだよ？　いいかげんに目を覚ましたほうがいいいと思う。

おれはジャイアン

「ネタにしてもいいよ」

小説家になってからこれまで、人から何度言われたことだろう。親戚や同級生や古くからの友人、もう名前も顔も思い出せない通りすがりのだれかから頼んでもないのにネタを提供される。小説家あるあるの一つである。

彼らは自分が置かれた状況や自分の身に起こった出来事が特殊なものだと信じて疑わず、さらには特殊な事象を書いてこそ小説だとも思っているものだから、よかれとネタを提供しようとしてくれているのだろう。それはわかる、わかるんだけど、

「ごめん、あなたがあなたの人生に興味があるのは当然だけど、私はそれほど興味がないし、ましてや小説に書きたいとは思わない」

などとはっきり言えるはずもなく、へらへら笑って聞き流すしかない。

そんなに言うなら自分で書いたらいいのに、いまの時代、出版以外にもいくらでも発表手段はあるじゃないか、とも思うけど、どうやら自分で書く気はさらさらなさそうなのが不思

議なところである。

　島田洋七さんの『がばいばあちゃん』シリーズが映像化されたときなど、

「うちのばあさんを小説に書け！　がばいばあちゃんなんか目じゃないぐらい面白いばあさんだで売れるに決まっとる！」

　と母や叔母が大騒ぎしてほんとうにうんざりした。

　たしかにうちの祖母はユニークな人だけれど、はたしてそのユニーク具合がいかほどのものか――身内だから面白いのか、他人から見ても面白いのか、私には判断がつきかねるし、その特殊性にフォーカスするような小説をそもそも書きたいと思わない。私が祖母のことを書くならもっとちがったアプローチを取る。しかし、目を¥マークにした母や叔母にそんな話が通じるわけもなく、第二の『がばいばあちゃん』を書けと、おそらく『がばいばあちゃん』をまともに読んだこともないだろうに言いつのるのであった。かんべんしてくれというかんじである。

「これ、私のことでしょう？」

　書きあがった小説を読んでそう訊かれたことも何度となくあった。これも小説家あるあるの一つではある。

　そういうことを訊いてくる人にかぎって頭の片隅にもないことが多い、と小説家のだれかがTwitterかどっかに書いていたけれど、私の場合は微妙なところだ。書いているあいだ、その人のイメージがよぎらなかったと言ったら嘘になるが、その人をモデルに書いたとか、その人そのものかと訊かれたら、ちがうとしか言いようがない。『グッモーエビアン！』という小説にヤグとあきという名前のキャラクターが登場するのだが、私にはヤグとあきという名前の友人夫婦がいて、小説の結末と同じように彼らもまたオーストラリアに移住した。しかし、小説の人物とはまったくの別人である。

小説に関してははっきり言い切れるのだが、目下、私が頭を悩ませているのはエッセイについてである。もっと言えば、この連載についてである。

もちろん、小説に書くことが100％フィクションだとはかぎらないし、エッセイに書くことが100％事実だともかぎらない。けれども、エッセイで「私」と書くとき、それはおそらく〝私だし、「夫」と書けば〝夫になる。読者もそのつもりで読むだろうし、私もそのつもりで書いている。

ジェーン・スーさんの『生きるとか死ぬとか父親とか』の中に、「君のことを書くよ」と父親に許可を取る場面がある。ユニークで人たらしな、なかなかの放蕩者である父親のことを書いたエッセイで、おかしくもかなしく、べらぼうに巧く、縁を切りたくても切れずにだらしなくつながっている父娘の姿に羨望をおぼえたりしながらすみずみまで堪能したけれど、正直に言うと、この箇所が私にはいちばんの衝撃だった。

エッセイに書くなら相手に許可を取る。身内だろうとなんだろうとちゃんと訊く。必要があれば書きあがった原稿をチェックしてもらう。プライバシーにかかわる問題なのだから当然だ。圧倒的に正しい。正しすぎてぐうの音も出ない。

しかし、いまのところ私はそうする気にはなれないのだった。許可を取ることで書くものが変質してしまうのではないかという怖れがまずあって、それから、私の人生に重なったその人の一部はもはや私のものではないか、というジャイアン的な傲慢さがある。それでもいちおう「ここまで」と決めたラインがあるにはあって、それなりに節度を持ったきれいなジャイアンであろうとはしているのだが、なにかのきっかけで——たとえば表現欲とかいった厄介な怪物に呑み込まれたら、やすやすとそのラインを超えてしまえる危うさがあることも自覚している。

あるときから夫は、私の書くものをいっさい読まなくなった。そこに、自分の影を読み取ってしまうのを怖れているんじゃないかと思う。ちゃんと確認したことがないのでわからないが、もしかしたら単につまらないから読む気にならないだけかもしれない。

いまから二十年ほど前、恋愛浮かれバカ時代に、当時はまだ彼ぴっぴだった夫とお金を出し合って iMac を買った。00年代初頭に一世を風靡したディスプレイ一体型のあいつである。我が家のカラーはタンジェリンだった。

note もはてなも mixi すらまだないネット黎明期、その iMac を使って私は HTML タグをせこせこと手打ちし、夫との生活をひたすら綴るだけのテキストサイトを立ちあげた。現在でいうところの新婚主婦ブログ的なノリのサイトである。なにか書きたいという欲求がまずあって、当時いちばん興味のある対象といえば夫だったので、夫のことを書くのはごくごく自然なことだった。これを黒歴史と呼ばずしてなんと呼べばいいだろう。

そのサイトをたまたま目にした夫は、嫌悪感を隠そうとしなかった。いまから考えれば、そりゃそうだろうなというかんじではあるが、当時はなにしろ恋愛浮かれバカだったのでそこまで考えが及んでいなかった。このままではこの人を失う、と焦った私は即座にサイトを閉じ、別のサイトを立ちあげて小説を書きはじめた。

そうしていま現在、この連載をはじめるにあたって、ずっとおざなりにしてきた問題に直面しているというわけである。思い出したくもない黒歴史がフラッシュバックし、日々私を苦しめているというわけである。何度か、妹たちから抗議の声があがったこともあり、そのたびにライン設定の甘さを反省し、微調整をくりかえしながら、それでもいまのところ書かないという選択肢は私の中にはないのである。

他の人たちは、みんなどうしてるんだろう。スーさんは父親に許可を取っていたが、洋七さんが祖母に許可を取っていたとは考えにくい（そもそも『がばいばあちゃん』は小説である)。ベストセラー『ぼくはイエローでホワイトで、ちょっとブルー』の著者であるブレイディみかこさんは、息子に許可を取っていないとラジオで話していた。小説家あるあるなどでは生ぬるい。一人一人にアンケートを取ってまわりたいぐらいである。

家族や友人やパートナーのことを書くときに許可を取っていますか？　相手の意図を汲んで内容を捻じ曲げなければならなくなったらどうしますか？　行方不明の父親にまで許可を取るべき？　旅先ですれちがっただけの人は？　育児エッセイを書くとき、乳幼児からの同意はどうやって得ればいいのでしょう？　死んでしまった人のことはどうします？　そうそう、だれかの訃報が出た瞬間、故人の思い出をＳＮＳで語り出す人がいるけれど、死んだとたんにプライバシー権はなくなるものだと思いますか？

正解がほしいな、とこんなとき、つくづく思う。だれか頭のいい人が考えて出した正解をいますぐ教えてほしい。

……いや、相手に許可を取るのが正しいというのが、おそらくはファイナルアンサーなのだろうけど、たとえ許可を取ったところでできあがったものがその人を傷つけないという保証はどこにもない。みずからネタを提供してくれようとしたあの人たちだって、いざ書かれたものを読んだら激昂しないともかぎらない。「ネタにする」ことの暴力性をどこまで理解しているのか、彼らはきわめて無防備であるように私の目には映る。

以前、ある友人の作家に、私と夫のことをエッセイに書いてもいいかと訊かれたことがある。私たちのきわめてプライベートなことを書きたいのだと友人は言った。個人を特定されないように気をつけるから、と。

え、やだよ、と考える間もなく私は即答した。ぜったいに無理だからやめてくれと思った。なにがそんなにいやだったのか、当時は突き詰めて考えもしなかったのだけれど、おそらくネタとして消費されることへの嫌悪感があったんだと思う。これは私のものだ、だれにも書かせない、という気持ちもおそらくはあっただろう。それはラインの外側にあるものだから、この先、自分で書くことになるかもわからないのだけど。

しかし、その一方で、友人が許可も取らず勝手に私たちのことを書いたら書いたで、ふうん、と受け止めたという気もする。「書いていい？」と訊かれたから、「いやだ」と答えたまでのことで、勝手に書かれたところで「おまえとはもう縁を切る！」とか、「プライバシーの侵害で訴えてやる！」なんてことにはなりようもなかったんじゃないかって、いまとなっては確かめようもないけれど、なんとなくそんな気がするのだ。

良くも悪くも、エッセイとはそういうものだという考えが身に染みついてしまっている。一度でも作家の目に触れてしまった以上、書かれてもしかたないじゃないか、と。少なくとも私がこれまでに読んできた作家たちが、いちいち対象に許可を取っていたとは思えない。いやだと言われたら書けなくなるから訊かないでおいたほうがいい。そういうふうになあなあでやってきたものだから、このままなあなあでやっていけたらいいなと思っている。

我ながらなんたる思考停止だろう。時代の変化とともにコードも変わっていくのだから、なるべく柔軟に対応していきたいなとはつねづね思っているが、この件に関しては呆れるほど前時代的でかたくなな自分がいる。もちろん、ラインを飛び越えないように、最善を尽くしたいと思ってはいる。思ってはいるんだけれど。

家族や友人に愛想を尽かされ、ひとりぼっちになってしまうことに怯えながら、それでも私は書くのだろう。

ジャイアンはジャイアンだ。きれいも劇場版もない。

不妊治療するつもりじゃなかった

いざとなったら子どもなんてすぐできると思っていた。

この世には不妊でつらい思いをしている人が山ほどいて、とんでもない額のお金をかけて治療をしていることはうっすら知っていたけれど、自分には関係のない話だと思っていた。月々の生理は乱れなくきっちりやってくるし、高脂肪で筋肉のつきにくいこの体つきからみて女性ホルモンは十分、うん、ぜんぜんいけるっしょ！という根拠のない自信があった。

だから、いざ不妊治療をするという段になって、えっ、うそ、そんなばかな、と思った。この私にかぎって、そんなはずない、と。

「みんなそう言うんだよ」

とかかりつけの鍼灸師（ち）さんが、やれやれといったふうに笑って言っていた。その鍼灸院には不妊治療をしている患者が多く通ってくるらしく、妊活・不妊にかかわる知識のほとんどを私は彼女に教わった。

おかしいな、二十六歳で子どもを産むつもりだったのにどこでまちがえたんだろう……としらばっくれてみたけれど、理由なら自分がいちばんよくわかっていた。

二十六歳で子どもを産むかわりに小説家になった私は、幼いころから思い描いていたライフプランを押し入れにしまいこんだ。交友関係が広がって、楽しいことをたくさん覚えた。なにより小説を書くことが楽しかった。それまではぜんぜんお金がなかったけれど、二作目の小説が二度にわたって映像化され、自由にできるお金がちょっとだけできた。嵐にハマったのもちょうどそのころである。小説を書き、原稿料が入ったら服飾品か嵐もしくはその時々の推しに課金し、締切が終われば朝まで飲み明かし、一冊分書き終わったら海外旅行に出かける。そのくりかえしで、あっというまに時間はすぎていった。

こんな生活を死ぬまでずっと続けていくんだろうか。

ふと、倦怠感のようなものに襲われたのが三十代の半ばごろだった。刺激的で充実した毎日、けれどすべてが想像の範疇《はんちゅう》におさまってしまう。ろくに成長もせず、世界のことなどなにも知らず知ろうともせず、甘いものばかり食べて生きている自分にうんざりしていた。なにかとんでもない傑作をものしたいという欲望だけはあるのだが、幼稚な自分には幼稚な小説しか書けず、いつまで経っても本は売れないし（映像化されれば本が売れるというわけではない）、カントリーマアムが少しずつ小さくなっているみたいに収入も目減りしていき、このままでは早晩仕事の依頼もなくなるだろうな、と漠然とした不安に駆られていた。

よし、ライフステージあげよう！

そこで私は、かつて描いていたライフプランを押し入れの奥の奥から引っぱり出してきたのだった。代わり映えのしない毎日に変化を求め、なにか生産的なこと（うへえ）がしたいと思って、子どもを産もうとするなんてあまりに浅はかで短絡的で、「しっかりしろよ！」と当時の自分を張り倒したくなるが、そんなことを言い出したら過去の自分ほとんどすべての瞬間を張り倒したくなるので、もうどうしようもない。

手はじめにまず私は禁煙外来に飛び込んで煙草をやめた。夫とはまだ結婚してはいなかったが、この人とずっと一緒にいるんだろうなというぼんやりした気持ちはおたがいにあった。ぼんやりと私たちは避妊をしなくなった。そうして、生理がくるたびに、がっかりするのと同時にほっとしていた。モラトリアムが延びたことにどこか安堵し、そんな自分にぎょっとした。

三十代の危機はいつのまにか脱していた。これというはっきりしたきっかけがあったわけじゃないけれど、おそらくは東日本大震災の影響だという気がする。いつまでも子どものままではいられないんだと目を開かされるような体験だった。読みたい本が増え、学びたいことが増え、行きたい場所もやりたいことも書きたいこともさらには新たな推しも次から次にあらわれて、どれだけ時間があっても足らない、死ぬまでにぜんぶ達成できるかもわからない、倦《う》んでる場合じゃない！

子ども産んでる場合じゃねえな？（駄洒落じゃないです、ほんとに）と思わなかったと言ったらうそになる。いましかできないこと、いましか書けないものがあるのに、そんなことしてる場合じゃなくない？　子どもを産んだらなにかが終わる、道が閉ざされてしまうという暗いイメージしか、そのときは持てなかった（いまも完全に払拭できたかといったら怪しいところではある）。

まわりを見渡せば、「なにがなんでも子どもが欲しい」とはっきり言い切る子なし女はそんなに多くない。「どちらかというと欲しいかも？」ぐらいのテンションが多数を占める。「欲しかったけどぼんやりしているうちに機会を逃しちゃった」と頭をかきながら笑う女も少なくない。私ぐらいの年代になると、「なにがなんでも子どもが欲しい」女はすでに出産しているというのもあるけれど。

結婚して子どもを産むしか道がなかった時代とくらべ、いろんな選択肢が増えた現代において、三十歳を過ぎた女たちが目移りしてしまうのは無理からぬことなのかもしれない。仕事も勉強も趣味も旅行も女子会も推し事も楽しいもんね。一日が二十四時間じゃ足りないもんね。百時間ぐらい欲しいよね。わかりみが深すぎて地中深くまで埋まりそうであるよ。

ごく狭い私の観測範囲では、男性のほうがなんの屈託もなく「子ども欲しい！」と口に出す傾向にある気がする（夫含む）。そりゃあ、相手が産んで子育てまでぜんぶやってくれるなら、私だってそう言うだろうと思う。一方で「子ども欲しくない！」とはっきり言い切ってしまえる人は男女の別なく一定数存在する。

こんなことなら、迷いが生じる前に二十六歳でぽーんと産んでおけばよかった。若いころなら自然妊娠でいけただろうし、コスパもよかった。二十代、三十代と楽しかったから、後悔しているというわけでもないんだけど。

しかし、そんなことをうだうだ考えているあいだにも刻々とリミットは近づいている。なにがなんでも子どもが欲しいわけではないけれど、なにがなんでもいらないとまでは言い切れず、いまやっとかないと後悔するかもだしな……といった消極的な気持ちで不妊治療をはじめることになったのが三十八歳、ちょうど婚姻届けを役所に提出したあたりのころである。

まずは妊活の初手の初手、タイミング法からはじめることになった。最初のうちはネットで排卵検査薬を購入し、自分で排卵日を予測していた。この段になってはじめて妊娠可能なタイミングが月に一、二日だけであることを知ってがくぜんとした。排卵日の前日もしくは前々日にばっちり決めたところで、妊娠率は二十代で30％、年齢を重ねるにつれてどんどん数値は下がり、四十歳で5％ほどだといわれている。

なんということだろう。妊娠って、奇跡じゃないか。やっぱり「できちゃった婚」というより「授かり婚」と呼ぶほうがふさわしいのかもしれない。

排卵検査薬では埒《らち》が明かなかったので（素人が排卵日を見極めるのはなかなかに厳しかった）、その後、我々は不妊治療専門クリニックの門を叩くことになった。検査の結果、排卵も毎月ちゃんとあるし、精子の運動率も正常値だったのだけれど、クリニックの指導のもと行ったタイミング法では妊娠にいたらなかった。いいですか、ここ重要なところなのでもう一回言うけど、なんなら太字でお願いしたいんですけど、**双方ともに生殖機能になんの問題もなくても不妊判定が出ることはざらにあるんです**。えーっ、うっそー！ってかんじですよね。わかる、わかるよ。わかりみが深すぎて地球の裏側まで突き抜けそうであるよ。

クリニックの方針でタイミング法は三回まで、その後は体外受精にステップアップすることになっていたのだが、引き返すならここかな、と私は思っていた。当時は、体外受精までして子どもが欲しいとは思っていなかったのだ。しかし、夫はちがった。お金のことはしょうがない、リミットもあるし、この際ステップアップしようじゃないか、と。

マジか、と思った。まさかこの私が体外受精することになるなんて！

念のため断っておくが、私の体外受精に対する抵抗感は、八割が金銭面、残りの二割が時間を拘束される煩わしさや身体的負担を憂慮してのことで、倫理的な忌避感などはかけらもない。

加えて、こんな宙ぶらりんな気持ちで体外受精までしていいんだろうか、という気持ちがどこかにあった。きっとみんな心の底から子どもが欲しくてクリニックに通っているのだろうし、金銭的な余裕がなくてステップアップできない人もいるだろうに、私みたいなどっちつかずの気持ちのまま臨んでいいものだろうか、と。

それでも、「子ども欲しい！」という夫の強い気持ちに押される形で、体外受精にステップアップすることになってしまった。なってしまったとか言っているあたり、いまだに当事者意識が希薄な自分にびっくりするが、実際そうなんだからしょうがない。「まさかこの私が！」という驚きこそ最初のうちはあったけれど、元来割り切ってものを考えるたちだし、自己肯定感も強いほうなので、不妊という事実を単なる事実として受け止め、「女として欠陥品」「私のせいで子どもができない」といったような自己嫌悪に陥ることもなく、切実さも皆無。流産したときだけはさすがに凹んだが、数日で立ち直った。そうして、いまなお、へらへらとしながら通院を続けている。

沼の底で待っている

　この世のハラスメントというハラスメント、すべてが消滅すればいいと日々願っている。にもかかわらず、どうしても口をついてしまいそうになる言葉がある。

「子どもが欲しいなら、早めにしたほうがいいよ」

　もちろん、実際に口にしたことはない。何度も喉元まで出かかっては呑み込んだ。もし自分が若いころに年配の女性にそんなことを言われようものなら「うるせーババア！」と思っただろう（だからって「ババア」はよくないぞ！）。

　それぞれ事情もあるだろうし、かんたんに他人が踏み込んでいい問題ではない。わかってる、わかってはいるんだけど、もしいずれは子どもをと望んでいるのであれば――いまは望んでいなくとも気が変わりそうな気配が少しでもあれば、若いうちに産むまではしなくとも卵子は凍結しといてもいいのではないか、もちろん金銭的身体的余裕があればの話ではあるが、可能であれば一個といわず二個、三個、できれば二十個か三十個……とすぐ言いたいすごく言いたくなってしまう不妊沼在住、四十二歳（※連載時の年齢）の私なんである。

　ここで体外受精の流れを説明させていただくと、まずなにはなくとも採卵である。以前にもちらっと書いたが、採卵するにあたって二週間ほど病院に通いつめ、卵子のサイズを測り、ホルモン値を測り、卵子を育てるためのホルモン剤を飲んだり注射を打ったりして、ようやく採卵にいたる。

　採卵日は化粧もコンタクトレンズも禁止。朝食はおろか水さえ飲んではいけない。ネイルもいっさい禁止されているため、ここ何年か、ジェルネイルができないでいる。

　ぺらぺらの手術着一枚でオペ室に入り、下半身丸出しでオペ台にのぼり、脚を固定される。まず、消毒液の沁み込んだガーゼで中も外もぐりぐり消毒される。それから麻酔を膣壁に打つのだが、これが地味に痛い。びりびり、びりびりする。

　そうしていざ採卵である。採卵というのは膣から卵巣に向かって細い針を刺し通し、卵胞液を吸い取るという形で行われる。一度、「採卵」で画像検索してみてほしい。見るだけで痛そうなのがわかるはずだ。下手な先生にあたると麻酔をしていても地獄の痛みが襲ってきて、吐き気はするわ、呻き声は漏れるわ、勝手に涙がぼろぼろあふれてくるわで、術後に特上牛タン定食1・5人前を食べ、夜は寿司でも食わないとやっていられない。

　私の通うクリニックでは卵巣刺激ではなく自然周期採卵を採用しているので、一度の採卵で取れる卵子はせいぜい一個か二個（私の場合は最多で五個だった）。若ければ若いほど数は多くなり、卵子の質も良いといわれている。卵子は卵子でも成熟卵、未熟卵、変性卵と種類がいろいろあって、変性卵は自動的に廃棄になる。未熟卵を培養して成熟卵になる確率は五割程度。成熟卵になったらここでいよいよ体外受精である。

一般的な体外受精は、卵子に精子をふりかけて自力で受精させるものを指すが、精子の数が少なかったり運動率が低かったりする場合には、卵子に注射針のようなものを刺して直接精子を送り込む顕微授精を採る。成熟卵の受精率がいかほどのものかは調べてもデータが出てこなかったのだが、私が過去採取した成熟卵で受精にいたらなかったものは一つしかないので、そこそこ高いのではないかと思われる。

さらにそこから受精卵を培養し、数日かけて胚盤胞に育てるのだけれど、胚盤胞まで到達するのが困難だという人も数多く存在するらしい。私の場合は打率六割程度といったところであるが、過去二回ほど、採卵した卵すべてが胚盤胞までいたらず、移殖できなかったことがあった。メンタルごん強の私ですら、このときはさすがに吐きそうになった。

そうして、最後の仕上げは胚盤胞移殖である。胚盤胞はいったん凍結され、次の周期で卵子を迎え入れるための準備をする。毎日こまかく時間指定された大量のホルモン剤を飲み、内膜を育てるのである。俗に言う「赤ちゃんを迎えるためのふかふかベッド」である（この手の妊娠・出産キラキラワードにはどうしても拒否感をおぼえてしまうのだが、その話はまた別の機会にでも）。身体がむくみ、ぶくぶく太りやすくなる薬の影響か、不妊治療をはじめてから五キロほど増量した。どうせまたあの薬を飲まなきゃいけないんだよな、と思うとダイエットも思うように捗《はかど》らず、酒を飲めるのもいまだけかと思うと毎晩ついつい痛飲してしまい、雪だるま式に日々脂肪をためこんでいる。

移殖手術は痛みもさほどなく、採卵手術に比べたら気が楽なものである。細い管を用い、子宮のいちばんいい場所を狙って卵をそっと置くだけの簡単なお仕事。体外受精の着床率は三十代で30％、四十代で10％ほどだという。前回、自然妊娠の確率を奇跡だと書いたが、体外受精だってなかなかになかなかの確率である。さらには、体外受精の流産率は四十歳で30％を超える。

おわかりいただけただろうか。

体外受精というのは、要するに「超高額ガチャ」なのである。

クリニックにもよるが、一回の採卵、体外受精、培養、移殖すべて込み込みで五十万円ほどの大金がかかるのに、一度手をつけてしまったら最後、もしかしたら次こそいけるのではないか、というなんの根拠もない希望的観測に支配され、課金をくりかえしてしまうのである。治療をはじめたばかりのころは、自分だけは大丈夫、そんな落とし穴には陥らない、三回までできっぱりやめられる、と思っていたのに、これで最後にする、今度こそ最後にするから、と言いながら、何度も「最後」をくりかえし、いまでは立派な廃課金者、不妊沼に首までどっぷり浸かっている始末である。私のようにどっちつかずのふらふらした気持ちで治療に臨んでいる人間ですらこの有様なんだから、切実な気持ちで治療に臨んでいる人たちの抜けられなさを想像するだけで、きりきりと胃が締めつけられるようである。なんという深沼であろう。もし子どもができなくても、その後も我々の人生は続いていくというのに。

これまで治療に注ぎ込んだ総額は、恐ろしくてとても計算できない。マンションの頭金なんて余裕で払えるだろうし、高級車だって買えるだろう。ヨーロッパと日本を何往復もできるし、ソシャゲガチャなんて回し放題、肉蟹鮨、毎日酒池肉林したって、推しのライブを全通したってお釣りがくるだけの額である。うっ、吐きそう。

なにかが麻痺しているんだろうなと思う。これだけのお金をかけたんだから、なにも得られないままでは終われない。もう終わりにしたいけど終われない。次こそ狙った目が出るはずだと祈るような気持ちで大金をベットしながら、この沼から這いあがれる日を待ちわびている。ほとんどカイジの世界である。ざわ……ざわ……。

若いうちに質のいい卵子を一個といわず二個、三個、できれば二十個か三十個……と言いたくなるこの完全なる老婆心を、少しはご理解いただけただろうか。なにがなんでも子どもを産めとか、女なら子どもが欲しくなって当然とか、子どものいない人生なんて不幸にちがいないとか、そういうことを言いたいわけではまったくなく、私が言いたいのはコスパについて、その一点のみだということをどうかわかってほしい。いや、だからって、直接面と向かっては言わないよ？　言わないけどさ……。

家族という名のプレッシャー

物議を醸しまくったあいちトリエンナーレが、ざわつきを収めるどころか拡大させたまま二〇一九年十月十四日をもって終了した。地元で開催されていたこともあり、一部を除いてほぼすべての展示に足を運んだが、性差別をテーマにしたモニカ・メイヤーさんの作品や、生命や生殖をそれぞれテーマにした碓井《うすい》ゆいさんと青木美紅《みく》さんの作品が展示された名古屋市美術館はとりわけ印象に残った。

十八歳のときに人工授精で産まれたことを母親から告げられた青木さんは、「選択された生」をテーマに制作を続けているのだという。彼女自身はまだ子どもが欲しいかどうかもわからないが、切実な思いで人工授精を選択した両親は、いずれ彼女にも妊娠・出産を望むかもしれない——といったようなことが解説パネルに書かれていた。

アートに疎い私は、巨大だったり気が遠くなるほどの作業量を思わせたりする作品を観ると、それを形にせずにいられなかった作家の鬼気迫るような欲望や情熱に圧倒されてしまうのだが、青木さんの作品もまさにそういった類のものであった。日本のどこにでもあるような一般家庭の居間をビーズ刺繡で模した空間には、テレビが置かれ、家族団らんのテーブルが置かれ、食パンや食器や人形やもろもろの生活雑貨がぐるりを取り囲んでいた。

その中に身を置いていると、家族の愛や絆、生命への祝福といった明るい要素だけでなく、血縁の呪いや親から子に与えられるさまざまなプレッシャー、逃れたくてもかんたんには逃れられない家族という共同体の強固さについてまで考えさせられ、息が詰まるようだった。陰と陽、二つの側面がマーブル模様のように混じりあい、まさしく「家族」そのものをあらわした作品であった。


ちょうど一年ほど前、胚盤胞移殖の順番を待っていたときのことだ。

私の通うクリニックの手術室の前には、うすい壁とカーテンだけで仕切られた部屋が八つほどあり、それぞれ簡易ベッドが置かれている。採卵手術や移殖の際、患者はそこで待機させられるのだが、隣の部屋が急に騒がしくなりはじめた。どうやら患者が過呼吸を起こしてしまったらしい。鮨にしようかピザにしようかそれとも中華にしようかな、とUber Eatsのアプリを見ながら夕飯の出前のことで頭をいっぱいにしていた私のところにまで、にわかに緊張が伝わってきた。いやいやいやいやいや過呼吸ってあんた、卵子を解凍しちゃってるんだから今日移殖できなかったらまずいでしょ！　落ち着いて！　ねえ落ち着いて!!!（まずおまえが落ち着け！）

すっかりUber Eatsどころではなくなり、息をつめて隣の様子をうかがっていると、付き添いで母親がきているようだから待合室から呼んできたほうがいいかもしれない、と話す看護師の声が聞こえてきた。ごくまれに夫が付き添っている患者を見かけることがあるが、母親が付き添うパターンはそれがはじめてだった。すぐに私の順番がまわってきたため、その後どうなったのかはわからずじまいだが、その日のうちに無事に移殖できていたらいいんだけど……。

「大丈夫かな、あんなに繊細で。子どもが生まれたらもっと大変だろうに」

その夜、夫に話をしながら、もしかしたら子どもさえ生まれれば、彼女があんなふうな状態に陥ることはないのかもしれない、とふと思った。

前回にも書いたが、移殖手術自体は採卵に比べたらさほど大変なものではない。個人差はあるだろうけど痛みはほとんどないし、麻酔の必要もない。終わったら一人で歩いて帰れるようなごくかんたんな手術である。採卵前は状態のいい卵子が採れるか不安だし、痛みへの恐怖で憂鬱にもなるが、移殖前は余裕ぶっかましてUber Eatsをガン見できるぐらいの精神状態ではある――ってこれはあくまで私個人の感覚であって、手術に臨む心境は人それぞれだとは思う。決死の覚悟の人もいるだろうし、多額の借金を抱えてでも、という人もいるだろう。私のように楽観的でがさつな人間もいれば、小さなことにもくよくよ悩んでしまうタイプの人だっているだろう。

それでもやっぱりどうしても、母親に付き添ってもらうのはいくらなんでも過保護ではないか、と思ってしまうのだ。実際に過呼吸を起こしていたわけだし、よっぽど繊細な女性で、だから親も心配してついてきちゃったんだろうとも思うんだけど、一時期「毒親本」を片っぱしから読みあさっていたこともあって、ついつい母親と娘をつなぐねっとりした飴状の鎖を想起せずにいられなかった。「なかよし母娘」を見かけると、共依存関係なのではないかと疑ってしまう私の悪い癖である。

いったいなにが、彼女をあそこまで追い詰めたんだろう。

あれからずっと、折にふれ考えてしまう。

さいわいなことに、私はこれまで親から出産プレッシャーをかけられたことはない。むしろこっちから「出産プレッシャーをかけでもしたらタダじゃおかんプレッシャー」をかけているので、恐ろしくてとても言い出せないのだろう。ものすごく遠まわしに孫が生まれたらいくらでも世話してやるだの、子どもを産めば生理痛が楽になるだのと、実母&義母の双方から言われたことはあるけれど鮮やかにスルーした。

岐阜の老人ホームにいる祖母は会いに行くたびに、「おまえ、子どもは？　まだ産んどらんのか？」と訊いてくるが、さすがにそれを出産プレッシャーにカウントするほど狭量ではないので、「ぼんやりしてるうちに産みどきを逃しちゃったんだ」とわははと笑いながら答える。認知症の祖母は五分ごとに同じ質問をくりかえすので、何度でも同じように答える。

五人の子どもを産み育てた祖母にとっては、おそらくそれが生涯でいちばんの大仕事だったんだろう。理解はできるので腹も立たないし、なんだかちょっとせつなくもなる。五分ごとに訊いてしまうぐらい祖母にとっては大事なことなんだなあって。

そうかと思えば、「これ、だれの子？　名前は？」と部屋に飾ってある曾孫の写真を指さしながら訊ねても、「知らん！」の一点ばりなんだからまいってしまう。私が子どもを産んだところでおばあちゃん覚えてくれないじゃーん、って次は言い返してやろうかな。

と、こんなふうに自分の祖母には激甘なくせに、二十代のころ、アルバイト先の常連だった初老の男性に「早く結婚して子ども産まんとかんわ」と説教されそうになった際には、「は？　いま平成ですよ？　まさかとは思いますが、女の仕事は結婚して子どもを産むことだけだとでも思ってらっしゃる？」と口から火を噴く勢いで言い返してやった。三つ子の魂百までとはよく言ったもので、鬼の子のようなこの気の強さ&フェミ的な話題にむきになるところは若い時分から変わっていないらしい。

それから二十年近くが経ち、平成を飛び越えてすでに令和だっていうのに、実親&義親の双方だけにかぎらず職場や友人、親戚、知人、メディア等から出産プレッシャーをかけられたという女性の話はいまだに後を絶たない。周囲でも耳にするし、ネットなどでもよく見かける。

彼らにとって、子を産み育てることは一ミリの疑いもなく「善きこと」で「正しきこと」なんだろう。善意の押し付けほどたちの悪いものはない。撥ねつければこちらが悪者にされてしまうし、放っておいたらおいたでつけあがる。通りすがりの他人にはいくらでも強く出られる私でさえ、認知症の祖母相手にはあの体たらくなんだから、身内からのプレッシャーをふりきるのがどれほど困難か、想像にかたくない。

たとえ本人が心から子どもを望んでいたとしても、周囲の声に追い詰められてしまうことだってあるだろう。不妊治療をしているような場合であればなおさらである。親への愛情が深ければ深いほど、望みをかなえてやれない罪悪感で押しつぶされそうにもなるだろう。

隣の患者が過呼吸を起こした本当の理由など知りようもないが、愛という名のプレッシャーの被害者でなければいいと思う。あのときに移殖した子が産まれていたらもっといい。その子を含めたすべての新しい子どもたちが、家族の鎖から解き放たれて自由に生きられることを願うばかりである。

母からの電話には出ない

母と会うのは一年に一度、大晦日の夜、三姉妹それぞれ夫同伴で実家に集まるときだけだ。この十月に下の妹（ゆ）が出産したので、今年はそこに乳児（初孫！）が一人加わる予定である。

正直なところ、大晦日は夫と二人で鍋でもつつきながら家で紅白を見ていたい。母に会うのなんて四年に一度でじゅうぶんだとも思う。しかし、「お母さんにもっとやさしくしてやりなさい」という夫や真ん中の妹（ま）からの圧力もあり、しぶしぶサミットに参加しているわけである。その機会を逃すと家族で集まることなんてほとんどないし、一対一の会談よりは大勢のほうが圧が分散されるからまだましか、という苦渋の選択でそうしているようなところがある。

とはいえ、これからしばらくのあいだは母の関心のほとんどが乳児に流れるだろうから、でかした、よくぞ生まれてきたと褒めてやりたい気持ちでいっぱいでいる。ようし、伯母さんお年玉はずんじゃうぞぉ。

いつのころからか、母との国交はほぼ断絶している。母から電話がかかってきても出ないでいたら、そのうちかけてこなくなった。最近はごくまれにLINEがくるぐらいで、家族の集まりや行事などにどうしても私を引っぱりだしたいときは、夫や妹（ま）を経由して外圧をかけてきたりする。

夫と妹（ま）は、私にとっては言わば弁慶の泣きどころ、そこを突かれたら痛いのである。世界中から嫌われたとしてもこの二人にだけは見捨てられたくない。要するに、推しを人質に取られているようなものなのである。二人は、いろいろと思うところはあっても、血のつながった親なんだからだましだましつきあっていくしかないよね、という「常識的な大人」の考えを持った人たちでもある。

名作『ベルサイユのばら』の序盤で、国王の愛人であるデュ・バリー夫人を公然と無視したことが国際的な大問題となり、フランス・オーストリア両国から圧をかけられたマリー・アントワネットが、「きょうはベルサイユはたいへんな人ですこと」と夫人に声をかけるシーンがある。何度読んでもあそこで私はべちょべちょに泣いてしまう。トワネットちゃん、その悔しさ私も知ってる、知ってるよ！　きょうは……ベルサイユは、たいへんな、人ですこと……！（号泣）

たった一言のことじゃないか、と周囲の人はマリー・アントワネットに言い、たった一時間やそこら同席して食事するだけじゃないか、と周囲の人は私に言う。彼らからすればたったそれだけのことでも、私たちにとってはこれ以上ない苦痛だということを理解しようともしない。それがよけいに私たちを追い詰める。

私だってなにも好きこのんでこんな子どもっぽい態度を取っているわけではない。四十二歳にもなって情けない話だが、母に会うと、精神的なダメージを食らってその後何日か落ち込んでしまう。母から言われたことがフラッシュバックしてなにも手につかなくなるのだ。娘を自分の思いどおりにしたいという欲求から、母は娘の外見や着ているもの、言動のいちいちになにかとケチをつけ、息するようにマウンティングをしかけてくる。そうかと思ったら、急に猫撫で声で媚びるようなことを言ったりもする。この人は娘を、自分とは別の一個の人間だということをどうあっても認めようとしないのだな、とそのたびに悲しい気持ちになる。

ねえ、お母さん、いま私に言ったのと同じことを友人に言える？　職場の同僚に言えますか？　私はあなたの娘ではあるけれど、一人の成人した人間でもあるんです。どうか尊重してください。

そんなふうに滑らかに言い返せたらどんなにいいだろうと思うけれど、母の前に出ると、悔しさに喉が詰まったようになって、なにも言い返すことができなくなってしまう。母の支配下に置かれていた十四歳のころにたちどころに戻ってしまうのだ。電話に出るつもりなどまったくないのに、母から着信があると動悸がして手足が震えることすらある（一時期、母からの着信音を「ダース・ベイダーのテーマ」にしていたせいかもしれない）。

放っておくとうちの母は、娘たちに対してだけでなく娘の夫たちにまでマウンティングをしかけているから、だれに対しても優位に立ちたくてたまらない人なのだろう。マリー・アントワネットの母親で、世界中に圧をかけまくったオーストリアの女帝マリア・テレジアもかくやである。

マリア・テレジアから鬼のような抑圧を受けていたマリー・アントワネットは、十四歳でフランスに嫁ぎ、世界中から鬼のような出産プレッシャーを受けながら第一子を出産する。生まれてきた子は女児だったため、バッシングを食らうはめになるのだが、そのとき生まれた子はマリア・テレジアから名前をもらい、マリー・テレーズと名付けられた。

ここ数年、マリー・アントワネットとその周辺人物にまつわる小説を書いていたのだけれど、マリア・テレジアとマリー・アントワネットもさることながら、マリー・アントワネットとマリー・テレーズもなかなかに相性の悪い母娘だったようだ。軟と硬、陽と陰、相反する要素がそれぞれに割りふられたような二人である。実際にマリー・テレーズは母親に対し、非常に冷淡だったというエピソードもいくつか残っている。

なんだかとってもほっこりする話だと思ったのだが、もしかしてそんなふうに感じるのは私だけだろうか……。

「血はきたない」

血ほど汚いものはないという言葉があるが、おそらくはそこから派生したものだろう。身内に不幸があったり、トラブルが起きたりするたびに母はよくこの言葉を口にしていた。いざとなったら頼りになるのは血のつながった身内だけ、と刷り込むかのようにくりかえし何度も。そう言っている母だってどこかうんざりしているように見えたけど、それをよすがにもしているのが私には不思議に思えてならなかった。

血はきたない。

なんておぞましい言葉だろう。人を血縁に縛りつける呪いの言葉だ。

私にとっては呪いでも、母にとっては縋《すが》りつかずにいられない希望だったんだろうか。

家族についてネガティブなことを言うのは勇気がいることだ。「家族の絆はどんなものよりも強い」「親は大切にしなければならない」「血は水よりも濃い」という思想を、幼いころから太陽の光のようにさんさんと浴びせられてきたのだから、そうなってしまうのは避けられないことだろう。

「毒親」という言葉が使われるようになって久しいが、はじめてその言葉を知ったとき、自分の親を好きになれなくてもいいんだと目が覚めるような思いがした。この言葉に救われた人がどれだけいたかは、テレビや雑誌で特集が組まれ、次々に関連本が出版されたことからもあきらかである。なにより言葉の浸透力がすさまじかった。世紀の発明と言ってもいいだろう。

だけどいまだに、毒という言葉の強さにちょっとたじろいでしまう自分もいるのだ。毒親本で紹介されている親たちはいずれ劣らぬ悪魔の毒々モンスターばかりだが、うちの母なんてそれにくらべたらぜんぜんかわいいもの、中ボスにすらなれない雑魚中の雑魚である。いやいやいやいや、毒親ってほどでもないし、悪いところのほうが目立つけどいいところだってないわけでもないし……とついかばってしまいそうにもなる。どうしようもない人だと呆れながら、それでも母親だと思うと捨てきれない。好きでも嫌いでもないけれど、かろうじて情だけは残っている。

私だって子どものころからどっぷり「家族信仰」に浸りきっていたわけだから、後ろめたさをまったく感じないわけではないのだ。外圧に屈するような形をとりながら、サミットや会談に応じるのはそのせいでもある。なにより、妹たちに母を押しつけているという罪悪感が大きい。母の抑圧から逃げてほしいと思うのと同じぐらい、妹たちが母のそばにいてくれることに安堵してもいる。

まったく、家族というのはなんとやっかいで割り切れないものなんだろう。血はきたない。ほんとうに、うんざりするほどそう思う。

いまさら母に変わってほしいとは思わないし、変われるとも思えない。私の望みは、母を嫌いになりたくない、というただそれだけである。
だからこれからも、母からの電話には出ない。

「この人の子どもを産みたいと思った」

いまから二十年ほど前、ある女優が結婚会見で語っていた。

当時まだ二十歳そこそこだった私は、きもちわるっ！と反射的に思ったが、どうしてそんなふうに思ったのか、深く考えないまま今日までできてしまった。その女優には好感を持っていたのだけど、結婚相手の男性があまり好きではなかったので、変な人と結婚しちゃって残念だ、ときわめて個人的な理由でそんなふうに感じたんじゃないかとばかり思っていた（芸能人の交際相手や結婚相手に可否のジャッジを下すこの感覚って、いったいどこからくるものなんでしょうね。だれとだれがつきあおうとおまえにその資格は一ミリもねえってかんじですよね。たとえ親族だろうと友人だろうと、人のパートナーをジャッジする権利はねえですわよ）。

あのとき私が忌避感をおぼえたのは、好きな人ができたらその人の子どもを産みたいと思う、それが女の本能みたいに言われたらたまったもんじゃねえ、という反発からくるものだったんじゃないだろうか。結婚を生殖に結びつける考え方自体が受け入れがたかったのだろう。子どもを産むことが男性に対する最上の愛情表現であるといったようなニュアンスも感じられて、ただただ気色が悪かった――ってこれぜんぶ、いまになって考えついた理屈だけれど、当たらずといえども遠からずといったところだと思う。

「好きな人ができるとその人の子どもを産みたいと思うのが自然じゃない？」

とついこのあいだも『グータンヌーボ2』でだれかが言っていたが、ぎょぎょぎょっとさかなクンばりに声をあげてしまいそうになった。

誤解しないでほしいのだが、それが悪いと言ってるわけではない。価値観というか世界観がちがいすぎて、すぐには呑み込めなかっただけである。あなたが恋をしてどんなふうに感じようとそれはあなたの自由だが、それがすべての人類共通の自然の摂理みたいに言われてしまうと、あまりの受け入れがたさにじぇじぇじぇっとあまちゃんばりに声をあげてしまいそうになるだけである。

十代で第一子を出産し、その後、父親のちがう子どもを年に一度のペースでぽこぽこ産み続けた――といったような田舎のヤンキー女子列伝を耳にすることがたまにあるが、そちらのほうがまだ理解できる。より動物的で本能的なかんじがするからだ。生殖に恋が絡んできた時点で、本能とは別のイデオロギーが発生する気がどうしてもしてしまう。いや、ヤンキー女子だってそれぞれの父親と毎回すてきな恋をしたのかもしれないけどさ。

子どもが欲しい理由を女性に訊ねると、大きく分けて三つ、本能型、好奇心型、規範遵守型のうちのどれかにあてはまる（現実逃避型というのもあるけど、そのタイプの人が正直に理由を口にすることはあまりないのでここでは省略する）。

本能型は、「理由なんてない。本能としか言いようがない」というとりつくしまもないタイプ。

「子どもを産んで（育てて）みたかった」「子どものいる人生に興味がある」「自分の子どもに会ってみたかった」など子産み／子育てに対する好奇心を、キラキラと語りがちなのが好奇心型。

そして、いちばんのボリュームゾーンではないかと思われるのが、「結婚して子どもを産むのが女のしあわせ（つとめ）だから」という規範に多かれ少なかれ影響を受けている規範遵守型である。

ハウスメーカーのＣＭで描かれるようなしあわせな家庭像というものが確固としてあり、そこに向かって邁進するのみ、といったタイプもいれば、みんなそうしてるから私もそうしとくか、ぐらいの流れ作業で出産に臨むタイプもいる。「親のため」「イエのため」に子を産んだり、「世間様に申し訳ない」的な感覚に押しつぶされそうになるのは典型的なこのタイプだし、「女に生まれたからにはいずれは子を産みたい」とかいうのも本能型に見せかけたこのタイプ。「女のスタンプラリー、より多く集めたほうが勝ち！」という好戦的なタイプも、「女のビンゴゲーム、揃えたほうが楽しいに決まってんじゃーん！」という享楽的なタイプも、みんなまとめてこれである。

あるときまで私は、規範遵守ホットロードを爆走していた。子産み／子育てについて深く考えることもなく、二十六歳で子どもを産むんだとごくごくあたりまえに思っていた。三十代の危機を迎えたあたりで、「マンネリから脱したいから子どもが欲しい」という逃避願望がそこに加わる。小説家として、取材のために子どもを産んでおいてもいいかもという好奇心がないでもなかった。長いあいだ私は自分以上に愛せる相手が欲しかったが、もしそんな人に出会えるとしたら、自分が産んだ子どもだけなんじゃないかとも思っていた。それは「母性幻想」でしかないと、あとになって堀越英美《ほりこしひでみ》さんの『不道徳お母さん講座』を読んだときに気づいて愕然としたのだけれど。

規範なんてこの俺がぶっ潰してやる！と常日頃から気を吐き、血縁は呪いだと思っている私のような人間でも、「伝統的な日本の家族観」やら「母性」やらの仕掛け網にうっかり捕まってしまうのだから難儀なものである。


どちらかというと、子どもが欲しい理由を語る人たちの言葉より、子どもが欲しくない／持てない理由を語る人たちの言葉のほうが、いまの私にはフィットする。

経済的、年齢的、健康上の理由、時間を拘束されたくない、自由を手放したくない、自分の子どもだからといって愛せるかどうかわからない、子どもを育てる自信がない、妊娠・出産がこわい、どんどん悪くなっていく一方の世界に我が子を産み落とすなんてそんな残酷なことはできない、子どもを持つことがどうしてもイメージできない――等々、彼女たちの言葉は明晰で理屈が通っているから、肌なじみのいい化粧水のようにすうっと浸透する。自分にもいくらか身に覚えのあることだからというのもあるが、なにかにつけて体制側の人間たちに説明を求められてきたから、より言葉が説得力を増し、研ぎ澄まされているのであろう。なにより借り物の言葉ではなく、ちゃんと自分で思考して選びとった言葉だと感じられる。「好きな人の子どもを産みたいと思うのが女の本能」にくらべたら驚きの浸透力である。

子どもが欲しかろうが欲しくなかろうがそんなことは当人の自由であるはずなのに、いまのところ子産み／子育てジャンルはこの社会においての最大ジャンル、疑問を差し挟む余地なく「善きこと」とされていて、そこから外れる人間に説明を求める圧が確実に存在する。女性やセクシュアルマイノリティや障害者といった社会的マイノリティの側にばかり説明を求めるのと構造は同じである。俺たちを納得させるように説明したら認めてやらんでもないとふんぞりかえるおっさんたち（※イメージ）の姿が見えるようだ。

もしかしたらまだ出会っていないだけで、この広い世界のどこかには、「いやなものはいや！　とにかく本能的にいや！　子どもなんて欲しくない！」ととりつくしまのないかんじで言ってのける人もいるのかもしれないけれど。っていうか、絶対いるはずだよなあ。

それでもおそらく多くの人が、０か１００かで言い切れるわけではなくて、32ぐらいのテンションで子どもが欲しくないという人もいれば、66ぐらいで子どもが欲しいという人もいるだろう。今日は78を叩きだしても、明日には45まで下がるかもしれない。

０から１００のあいだを行ったり来たりするのはしんどい。こうと決めてしまったほうが楽だから、みんな自分を納得させるに足る言葉を探すのだろう。さいわいなことにこの社会には、女が子どもを産みたくなるような洗脳の言葉があふれているから、てきとうなものを一つ選んで採用してしまえば、落ち着きどころがすとんと見つかる。子産み／子育てジャンルにおいて、言葉の精度を問う人はあまりいないわけだし。

できることなら私だってそうしたいのだが、職業柄か、なるべく正確に厳密に表現しなければと思うあまり、しっくりくる言葉が見つからなくて往生している。どんな理由をつけたところで、子どもを産むなんて１００％親の勝手だし、やはりとても恐ろしいことだと私は思う。私が自分の親を好きになれなかったように、自分が産んだ子が私を好きになれないことだってあるだろう。その逆だってありうる。生まれてくる子がしあわせになれる保証なんてどこにもない。考えれば考えるほど、ネガティブな想像ばかりが浮かんでくる。

しかし、そんなに言うならどうして私は不妊治療してまで子どもをもうけようとしているのだろうね？　まったく人間というのは不可解な生き物であるな……といきなり主語をでかくし神の視点に逃げることもできるけど、うーんうーん。

血縁にこだわらなくたって養子などの選択肢もあるわけだし、不妊治療してまで産んだ子と折り合いが悪かったりしたらそちらのほうが絶望は深いだろう。そういった意味でも妊娠・出産というのはガチャみが強いものである。

ひとつだけ言えるとしたら、夫の子どもなら目に入れても痛くないほどかわいいだろうなという確信があるから、だろうか。

自分の子どもを愛せるかどうかはいまいち自信が持てないけれど、夫の子どもなら愛せる。ぜんぜん愛せる。まだ会ってもないけれど、着床すらしていないけど（かろうじて受精はしている）、すでにもうめっちゃ愛している。そうかといって、別の女が産んだ夫の子を愛せるかと言ったら……（しばし熟考）……いけるっちゃいける気もするが、私も人の子、絶対の自信があるとは言い切れないので、やはり自分で産むしかないか、といったところ。

二十年のときを経て、記者会見であの女優が言わんとしていたことを、いまになって私は理解できるような気がしている。それでもやっぱりあの言いまわしには、ぎょぎょぎょっとなってしまうんだけど。

これで卒業

去年の終わりに胚盤胞移殖をした。

卵子の若返りに効くというレスベラトロールなるサプリを半年ほど飲み続け、過去最高に質のいい卵子が採れていたことと、直前に子宮内フローラを改善する治療を行ったことで、移殖する前から「これはもはやもらったも同然だな」とどこからくるのかわからない自信に満ちあふれていた。

（レスベラトロールはあくまでサプリなので劇的な効果があるわけではない。参考までに留めておいてほしい。子宮内フローラというのは、腸内フローラと同じく、子宮内の善玉菌を増やすことによって妊娠しやすい環境をととのえるといった、この分野では最新の治療である。「最近、流行りのやつだわ」とうれしそうに院長も言っていた。モンスター院長、普段はものすごくかんじが悪いのに、最新技術や医療について話すときだけ子どものようにはしゃぐから、うっかりかわいく見えてしまうのがくやしい）

移殖当日の夜から、尿意を感じて頻繁に目が覚めた。一晩で四、五回はトイレに行ったんじゃないだろうか。以前、妊娠していたときにも同じ症状があったことから、「もらったぜ！」と私は着床を確信した。着床判定は移殖の五日後だったけれど、妊娠初期の症状と思われる頭がぐらぐらするような眠気も、足の付け根や下腹部の痛みも感じていたので、「着床したかも」とTwitterに投稿しながら、これじゃ椎名《しいな》林檎《りんご》の「よし、着床完了。」じゃねえかと思って苦笑したりした。

十二月に移殖したから生まれるのは八月ぐらいか、真夏に臨月ってきつそうだなあ。そうなってくると来年はうかつに新しい連載を始められないな、スケジュールを見直さないと。春物のワンピースを予約するつもりだったけど、妊娠したら着られないからゆったりしたYAECAのワンピースでも買うとするか。連載が終わったら韓国に短期留学したかったけど、しばらくはお預けだ。いまのジムは妊婦の利用を禁止しているけど、おなかが目立つようになるまでランニングマシンだけでも使わせてもらえないだろうか。あと我慢しなくちゃいけないのは酒か……酒に未練は……そんなに、ないな……。やめられるものなら、やめられるほうがいい。

自分でも不思議なほど冷静に、すんなりと妊娠を受け入れていた。

一年前までは、こんなふうじゃなかった。妊娠したら自由に身動きが取れなくなるからと映画館に通い詰め、その年の鑑賞本数は百本を超えた（例年だとだいたい六十〜七十本くらい）。手あたり次第にチケットを取って観劇しまくり、韓国語まで習いはじめた。移殖直前には一人でソウルに行って、好きなだけ遊びまわった。妊娠することにどこかで怯えていたのだろう。移殖が成功しなかったことに安堵さえした。

これで治療を終わりにしようと一度は考え、子どもがいなくたって最高におもしろおかしく生きていくつもりだもんね、と宣言するようなエッセイをウェブに書いた。その舌の根も乾かぬうちに治療を再開してるんだから、不妊沼のおそろしさを身をもって証明したようなものだけれど、それまではたぶん、夫のために治療をしていたんだと思う。

一年ほど前、よく行くスーパー銭湯で、ある親子を見かけた。小学校にあがる前ぐらいの子どもが風呂の中を歩きまわっているのを、いとおしくてたまらないという表情で母親らしき女性が眺めていた。

なんだこれは。子どもは人生を妨げるもの、可能性を奪っていくものとしか考えていなかった私は、脳がバグるほどの衝撃を受けた。なんなんだこれは。

治療を再開した直接のきっかけというわけではないけれど、この一年間その光景がずっと頭のどこかにあった。憧れのような羨望のような、まぶしいものを見るような気持ちとともに、おそらくはこれからもあり続けるんだと思う。

そうして迎えた着床判定日。

診察が終わったらソルロンタンでも食べて、妊娠しても着られるような服を買いにナチュラル系のセレクトショップに行こうと算段していた私は、「残念だけど、着床しとらんね」という院長の言葉に、「えっ！」と思わず声をあげてしまった。ショックというより、驚きのあまり漏れ出てしまったようなかんじだった。え、だって私ついさっきまで待合室で「おしゃれ　マタニティ」で検索して出てくる、とてもおしゃれには見えない洋服の数々にげんなりしてたんですけど……。

なにかの間違いじゃないかと疑うのと同時に、気が抜けたようになって、今後の治療について提案する院長の話もぼんやりと聞き流すことしかできなかった。この三年間に経験したいろんなことが空気のように抜けていき、どんどん自分がしぼんでいくようだった。

これでほんとうに終わりだと、移殖する前から決めていた。

「不妊の原因がはっきりわかってる夫婦のほうが、治療法がわかってるぶんだけ結果が早く出たりするんだよ。原因がわからないってことは、まだその原因を解明できるほど医療が進んでないってことなんだと思う。子宮内フローラも最近になってわかってきたことだしね」

かかりつけの鍼灸師（ち）さんがそんなことを言っていた。現時点の医療では原因がわからなくて、いたずらに治療期間が延びてしまった不妊の夫婦。私たちはまさにそれだった。医療が発達するのを待つような余裕は、年齢的にも金銭的にももう残されていない。やれるだけのことはやった。これで卒業だ。

その日の昼はソルロンタンではなくイタリアンのランチにして昼からワインを飲んだ。家に帰って二時間ぐらいフテ寝して、起きてからすぐにまたワインを開けた。お酒、やめられるものならほんとうにやめたかったんだけどなあ。

年の暮れに義父が亡くなり、ばたばたした年越しになってしまったが、むしろそっちのほうがよかった。せわしさに目をくらまされているうちに、静かに腹を決めていったような感触がある。でも、まだ完全に決まってるわけでもない。

年が明けてから、妹（ゆ）の赤ちゃんにようやく会いに行った。まだ首も据わっていない赤ん坊を腕に抱き、「かわいい～」と思わず声をあげた夫こそ私にはかわいかった。自分の子どもを抱いたりおむつを替えたりミルクをあげたり寝かしつけたり……そんな夫の姿が見られないのが残念だとも思った。推しのあらゆる姿を見たいと思うのはオタクとして当然のことである。できることなら夫といっしょに子育てがしたかった。そのことを考えるといまも涙が出てきそうになる。

数日後、セールに行こうと街へ出たとき、向こうから走ってきた小さな子どもに無意識のうちに伸ばしかけた手を、「『八日目の蟬』、ダメ絶対！」とはっとして引っ込めた。あぶない。危うく幼児誘拐犯になるところであった。無意識（というか未練というか執着）というのは恐ろしいものである。

諦めないことより諦めることのほうがずっと難しい。

どこかで聞いたような言葉だけれど、ここにきてその意味がようやくわかった気がする。そろそろ人生の折り返し、これから諦めることがどんどん増えていくんだろう。

さびしいな、とふいに思う。いったんそう自覚してしまうと、さびしくてさびしくてしかたがなくなる。

いつかこのさびしさが薄れる日がくるんだろうか。もしかしたら一生このままなんだろうか。

やっかいなことに、早くここから抜け出したいと思う気持ちと、いつまでもここに留まっていたいという気持ちが同じぐらいある。

それでも毎日はそれなりに楽しいし、酒はうまいし、推しはかわいいんだからまいってしまう（嘘。ぜんぜんまいってない）。

とりあえずいまは、三代目 J SOUL BROTHERS のツアーチケットの抽選が当たることを祈るばかりである。三年間がんばったご褒美に、アリーナ前方席ぐらい与えてもらっても罰は当たらないと思うんだけどなあ。

She’s a mannerf*cker

去年の暮れに、義父が亡くなった。

数日前から危篤だとは聞いていたので、いざ夫から電話でその報せを受けたとき、「ああ、そうなの」としか言えなかった。なにか夫を気遣うような言葉をかけたかったのだけれど、あくまで事務的に話を進めようとする夫につられ、私もそのようにつとめた。

この場合、なんと言うのが「正しい」のか、いまもって私はわからないでいる。「ご愁傷さまです」だとなんだか他人行儀だし、それに義父は私の身内でもあるわけだから身内に「ご愁傷さまです」はおかしいような気がする。とかいいながら、葬儀場で義母や義兄と顔を合わせたときには、「ご愁傷さまです」と思わず口をついて出てきてしまったんだけど、口にしながら「正しい」のかどうか不安になってきて、最後のほうはごにょごにょさせてごまかした。これが日本の四十二歳、自由業のリアルである。

通夜の当日、四年前に買った礼服のジッパーが閉まらず、台湾で買った五千円の黒いワンピースに、手持ちの黒いジャケットを合わせて即席の葬儀コーディネイトを編み出したけれど、だれに咎《とが》められることもなく二日間やり通した。ネットで調べてみたら「ストッキングは黒。タイツはNG」とあったので、コンビニで黒いストッキングを買い、葬儀用の黒いパンプスを下駄箱の奥から引っぱり出して履いていった。

低めの太ヒールにもかかわらず、家を出て五分もしないうちに足が悲鳴をあげはじめ、マジKuToo、ファッキン女にヒールを強いるクソ社会だぜ（※あまりのクソさにクソが重複）と思いながらたどり着いた式場には、黒いタイツに黒いスニーカーもどきの靴を履いている女性がいた。パンツスタイルの女性もいれば、イッセイミヤケのプリーツプリーズのような細かいひだのスカートや、ウエストにリボンのついたAラインのかわいらしいワンピースを着ている女性もいた。

自由だな！とまず思い、そんなのどこに売ってるんすか？と訊いてまわったりもした。私がこれまで目にしてきた「女性用礼服」の数々は、さしてバリエーションもなく、どれも似たようなデザインの、野暮ったいものが多数を占めていた。中途半端にタイトなラインの、膝をすっぽりと覆う半端丈のワンピース、妙に存在感のあるくるみボタン、台形型のハンドバッグ、洗練さのかけらもないずんぐりとしたパンプス。私はめったにヒールの靴を履かないが、どうせ痛い思いをして履くのなら、クリスチャン・ルブタンのような美しい靴を選んで履きたいものである。

さらにそこへ、うんざりするような葬儀ドレスコードの数々が加わる。女性の礼服は基本的にスカートが正式とされていて、パンツスーツはあまり好ましくないとされる。殺生を思わせる革製品の使用は控えるのが望ましい。アクセサリーは結婚指輪とパールのイヤリング&ネックレスまでなら身に着けてもいい。靴はパンプス一択。ただし、ピンヒールやポインテッドトゥなどデザイン性の高いものは不可。

……挙げているだけでうんざりしてきたのだが、これっていったいいつだれが決めたものなんでしょうね？　弔事に着飾るなんてけしからんという考え方もあるだろうが、死者をお見送りするのに着飾ってなにが悪いの？と思わんでもない。もちろんおしゃれしたくない人はしなければいいとは思うが、おしゃれしたい人の自由まで奪わないでほしい。

私はそこまでファッションにこだわりがあるわけではないけれど、普段からおしゃれに命を懸けているファッショニスタたちにとって、葬儀のときだけ意に沿わぬ格好をさせられるなんてまさに憤死案件じゃないだろうか。そういえば以前、バレンシアガで黒いワンピースを試着したときに、「私も同じのを持ってるんですけど、お葬式にも着ていっちゃいます♪」と店員の女性が嬉しそうに話していた。これまでショップ店員から百万回ぐらい聞かされたことのある「私も同じの持ってるんです♪」の中でも、ダントツに聞けてよかったことだ（結局そのワンピースは買わなかったんだけど）。

古くから日本では葬儀に白を着るのが主流だったが、西洋化の流れで黒を身に着けるようになったのがここ百年ぐらいの話だそうだ。それにしたって、西洋の映画やドラマに出てくる葬儀の参列者たちはみなすこぶるファッショナブルではないか。なんなんだろう、この謎のローカライズは。

しかし、義父の葬儀で見かけた女性たちは、だれが考えたのだかもわからない謎マナーを軽やかに無視して、それぞれがそれぞれに快適で、自分にとって心地よいファッションを楽しんでいるように見えた。ただしそれらはみな年配の女性ばかりで、年齢の若い人ほどマナー違反を恐れてか、頭からつま先までマナーを順守したア○キの広告のような葬儀ファッションをしていた。

気持ちはわからなくもない。「大人なんだからちゃんとしなくては」という呪いから完全に自由になるには、勇気と経験と年月が必要だ。社会のルールなど無視して好き勝手に生きてきたような私でさえ、どういうわけだか、「これからはちゃんとした礼服を持っていないと」と結婚してすぐに通販で安物の礼服を一式そろえたぐらいである。なにかの折に「嫁」としてジャッジされることを念頭に置いていたのだろう。そんなのクソくらえってかんじだけど、普段は威勢のいいことばかり言っていても、さすがに夫の親族に面と向かってそんなことを言うだけの度胸はないこの私 a.k.a. インサイド弁慶である。ジャッジから逃れられないのであれば、せめてなにか言われぬよう完璧を期すまで——などと考えていたふしがある。うーん、自分でもまぶしいほどの若さだ。あと、すげえマッチョ。要するに「なめんじゃねえよ」ってことだもんな。防御の体裁をとってはいてもめっちゃ攻撃的。

最初のうちはそんなふうに肩肘を張っていた「嫁」のみなさんも、年を取るにつれてだんだんとすれていったのだろうか。あるいは彼女たちをジャッジする上の世代はすでに鬼籍に入ったのかもしれない。彼女たちのフリーダムな葬儀ファッションは目に楽しかった。

ちなみにだけど、私は通夜に数珠を忘れていった。葬儀用バッグのあまりの野暮ったさにぞっとし、ぴかぴかと光沢のある黒い革のバッグを持っていくことにした。着られなくなった礼服は妹（ま）にあげることにして、次までにそれっぽいモード系ブランドでパンツのセットアップでも買おうかと考えているところだ。

年を経るごとに「完璧」から逸脱し、どんどんルーズになっていくというのは、若いころに思い描いていた成熟からは程遠いけれど、それはそれで悪くないんじゃないだろうか。

——と、そんなことを思っていたら、本来なら私をジャッジする側であるはずの義母が、通夜がはじまる前にこそこそと相談を持ちかけてきた。

「私が真珠のネックレスとかイヤリングとかしてたらおかしいと思う？」

「えっ、真珠はいいんじゃないの？　だってみんなしてるし……」

「お客さんはいいんだよ。そうじゃなくて、お客さんを迎える側の私がそんな着飾ってええかしらんと思って。でもお父さんを見送るんだし、多少はなにかしらつけといたほうが……」

ああでもないこうでもないと不安そうに言いつのる義母の手には、すでに結婚指輪とは別にひときわ大きな真珠の指輪が嵌まっていたが、それにはツッコまず、「せっかくだからつけといたら?」と答えておいた。

喪主を務めた義兄をはじめとし、義母も夫も義弟たちも、自分たちで葬儀を仕切るのは今回がはじめてだった。右も左もわからないことだらけで、一事が万事てんやわんやしていた。

弔問客の中には、「スマホで調べたら、御霊前だの御仏前だの初七日だのいろいろあってわけわからんのだわ。宗派によってもいろいろあるみたいだしさあ」などと言いながらおもむろに不祝儀袋を取り出し、香典を包み出す人もいた。香典は式場に入る前に包んでおくものだとスマホは教えてくれなかったのだろうか。義父母ともに愛知県の三河地方出身ということもあり、さらにはそこへ「おさびし見舞い」なる風習も加わり、もはやなにがなんだかわけがわからない。通夜がはじまる直前にも席次がどうしたとかでひと悶着あり、事前に説明を受けていたにもかかわらず、焼香の際にお辞儀する順序もぐだぐだで、しっちゃかめっちゃかな葬儀となってしまった。

式が終わってから、

「いいのかなあ、こんなゆるいかんじで」

と義兄はぼやいていたが、その数秒後には、まあいっか、と笑っていた。

みんながみんな、冠婚葬祭のマナーなどぼんやりとあやふやなまま年を重ねているのだな、と微笑ましくなったが、はて、ならば私たちはこんなになにまで必死こいてなにを守ろうとしているのだろう。あなたも私もマナー弱者、審判者などどこにも存在しないのに勝手に仮想敵を作り出し、みんなスマホとにらめっこして体裁をととのえ、すました顔で「ちゃんとした大人」のふりをしている。これじゃまるで人狼ゲームだ。マナーは死者の弔いのためだという考え方もあるだろうが、義父はそういうことにはまったく無頓着な人だったので、地上の人間たちがくだらぬことで大騒ぎしているのを呆れて見下ろしていたかもしれない。

葬儀が終わり火葬場に移動してから、女子トイレで熱心に化粧直しをしている若い女性を見かけた。鏡越しでもはっきりとわかるほど、頬の高い位置にピンク色のチークが塗り込められていて、思わず釘付けになってしまった。

そう、よりによって葬儀にオルチャンメイクできているのである。ヘアスタイルも最近ではあまり見かけなくなったぐりぐりの名古屋巻きである。おそらくつけ睫毛もしていたと思う。黙って見ているると、濃いチークの上にさらに色を重ねようとしているので、「いや、さすがにもういいだろ」と声をかけてしまいそうになった。

葬儀ドレスコードの基本はあくまで華美にならず、控えめに地味にしておけというもので、ヘアメイクもそれに準ずる。ポイントメイクは口紅とアイシャドウ程度に留め、ラメやパール感の強いものは避け、ブラウンやベージュなど地味な色を用いる、マスカラやチークはできれば使わない、ネイルは落とすことが望ましい……等々、こちらもまた細かくルールが設定されているのだが、火葬場で見かけた彼女はまだ若いながらに、それらを一から百まで侵すような堂々たるマナーファッカーであった。

「私が死んだら葬式はしなくていい。火葬だけして海に散骨して」

と夫には言ってあるが、思い思いに着飾り、真っ赤な口紅にこってりとマスカラを塗った弔問客が参列するのであれば葬式をするのも悪くないかもしれない。涙に溶けた黒いマスカラが彼らの頬を流れ落ちていくのを、あの世からうっとりと見下ろしたいものである（いまどきのマスカラは、涙で落ちるほどやわではないけどね）。

名古屋の嫁入り　いま・むかし・なう

前回、葬儀ファッションについて書いたら思いのほか多くの反響があった。これからお仕着せのマナーは無視して好きな服を着たいという人もいれば、うちんとこではわりかしてきとうにしとるでという人もいた。葬式のときまでおしゃれのことを考えたくない、なにも考えずに着られる従来通りの喪服のほうがいい、という意見もあった。

新潮文庫の担当（は）氏は、映画版『海街diary』の冒頭でミニスカートやらお団子頭やら好き放題の葬儀ファッションに身を包んだ長澤《ながさわ》まさみと夏帆《かほ》に思わずマナー警察を発動し、目くじらを立ててしまったという話を聞かせてくれた。自分の中にもそういった小姑根性があることが恥ずかしい、と言っていたけれど、いやいやいやいやいや、そんなことを言ったら私だって内なる小姑と日々戦っている。

いまから十年以上前、横浜で開かれた友人の結婚式に、名古屋出身の友人と連れ立って出席したことがある。かぎりなく白に近いクリーム色のワンピースを着た女性を見つけて、まず我々は小姑ホイッスルを鳴らした。他にも背中ががばりと開いたイブニングドレスの女性がいるかと思えば、普段着に毛の生えたような格好の女性もやたらと目につくし、ヘビ柄のタイトスカートを穿いた女性にはさすがに言葉を失った。黒ストッキングが多数いただけでなく、網タイツの女性までいたことにも目を剝いた。

我らの地元・愛知では考えられないことである。いったいどういうこと？　ここは無法地帯なの？　もしかしてS.W.O.R.D.地区?!（※筆者注：世界初の総合エンターテイメント・プロジェクト「HiGH&LOW」に登場するものすごく治安の悪い地域）

すっかりマナー警察と化した我らは、後日その日の新婦であった友人にパトロール報告をしたのだが、「なんなのあんたら?!　名古屋こわい！」と一蹴されてしまった。そこではじめて、特殊なのは我らのほうなのか、と気づかされた。まさに「認めたくないものだな。自分自身の若さ故の過ちというものを」である。

内なる小姑を飼いならし、むやみやたらに「嫁」いびりをしないこと。そうすることでしか連鎖は止められない。中学生の頃、先輩にいじめられたからといって同じように後輩をいじめるのはやめようと心がけていたが、それと同じことを四十歳過ぎて心に誓う今日この頃である。

「次は結婚式の話なんてどうでしょう？　名古屋の特殊性を書いていただいたら面白いんじゃないかとっ！」

前回の反響を受けて色気が出たのか、この連載の担当（て）氏からリクエストをいただいたので、今回は結婚式の話をしようと思う。そうはいっても先の一件は別として、内側から見ているだけではなかなかその特殊性には気づけないものである。

名古屋の嫁入りといえば、新婦が生家を発つ当日に屋根から菓子をまく風習が有名なようだけれど、少なくとも私はいまだかつて一度もお目にかかったことがないし、まわりで菓子をまいたという話も聞いたことがない。立派な婚礼家具を揃え、ガラス張りのトラックに積み込んで近所の人たちに見せびらかすように送り出す風習も耳にするが、こちらも都市伝説なのではないかと疑っているところである。

もともと名古屋は徳川家のお膝元だったこともあり、徳川家に嫁ぐ娘に立派な道具を揃えたことからはじまった風習のようだけれど（※ネット調べ）、そういえば徳川美術館（※近頃、日本全国の審神者《さにわ》の方々に大人気）で当時の婚礼調度を模したおままごと用のミニチュアを見たことがある。マリー・アントワネット展でも王妃がコレクションしていたミニチュアのティーセットやリモージュボックスを見かけたが、洋の東西を問わず、あの手のミニチュア道具はどうしてこうも乙女心をくすぐるのだろう。「奥」に押し込められた女性たちの孤独や無聊《ぶりょう》を慰めていたのであろう、ささやかでかわいらしい道具の数々を見ているときゅんと胸が締めつけられる。

それらが実物大になってガラス張りのトラックに積まれたとたん、たちまち主張が激しくかわいげのないものに思えてくるのは、そもそもが娘の意思など関係なく、お家の権勢を示すためにはじまった風習だからだろう。名古屋人が見栄っ張りだと言われがちなのは、このような文化背景からきているのかもしれない。

ネットで調べたところによると、どうやらいまでも、名古屋の結婚式は他所と比べると派手でお金がかかっているようだ。妹（ま）が結婚式を挙げたとき、「ご両親からのご援助がおありでしょうから」とさもそれが当たり前といったふうに式場の担当者が話を進めていたそうだから、徳川家への輿入れ道具が時代とともにガラス張りのトラックへと姿を変えたように、さらに別のものに姿を変えていまもどこかで脈々と生き続けているのかもしれない。

そもそも私は、結婚式というものがあまり好きではない。

ヴァージンロード（この名称もどうなの……）を新婦が父親に手を引かれて歩き、夫に引き渡されるという一連の儀式からして、家父長制の思想がそのまま反映されていて、あまりの呑み込みがたさに喉が詰まる。さすがに「お嬢さんを僕にください」なんてことを言う男性は絶滅したと思いたいが、それでもいまだに結婚式の定番ソングには「僕が君を守るからうんぬんかんぬん」的な歌詞が散見される。

新郎からは「一生食べるのに困らせない」、新婦からは「一生おいしい料理を作ります」の意味を込めてウェディングケーキを食べさせあうファーストバイトなど、まさに憤死しそうな謎演出である。男も女もどちらも自分が食うために働くのだし（家事労働だって当然それに含まれる）、どちらかが病めるときはどちらかが助ければいいし、松屋とか大戸屋とかサイゼリヤとか安くてうまい飯が食えるところなんていくらでもある。料理なんてしたい人だけがすればいい。

もともと西洋では「悪魔は甘いものを嫌うから魔よけの代わりにケーキを食べる」という意味合いの儀式らしいのだが、日本に入ってきた時点でまたしても謎のローカライズが起こり、このような意味づけがなされたようである（※ネット調べ）。この先もウェディング業界がファーストバイトの演出を続けるというのであれば、その意味づけの刷新をいますぐお願いしたいところだ。「一汁一菜でよいという提案（by土《ど》井《い》善晴《よしはる》先生）」「外で食べてくる際は早めに申告する」「いざとなったらオリジン弁当」とか、もっと他にいろいろやっておくべき夫婦間の大事な確認があるでしょうよ。

あなたの色に染まる白いウェディングドレスとか、合コンで出会ったはずがなぜか「ご友人のご紹介」に言い換えられる欺瞞とか、「花嫁の手紙」とか、未婚女性だけ集めて行われるブーケトスとか、いちいち挙げていったらきりがないけれど、ここまで旧来の価値観を強固に結晶化した儀式がいまもしぶとく生き続けている現場は、他に類を見ないように思う。ヤバさでいったら葬式のはるか上をいく。

結婚式というのは、女を型に嵌めるものだと長いあいだ私は思っていた。普段はどんなにユニークで魅力的な女性でも、いざ結婚式という現場に新婦として放り込まれると、「やさしく明るいしっかり者で、夫を支える良き妻」というキャラ付けをされてしまう。「夫を尻に敷きつつ」「手綱をしっかり摑んで」とかいうのもあるが、結局はいくつかあるバリエーションの一つに過ぎない。ファーストバイトで新婦のほうが、とても一口では食べきれない大きさのケーキを差し出して、「ドSですね！」と司会者から面白くもないツッコミを入れられるのももはやお約束である。

彼女は、そんな定型の物語に収まるような女じゃないのに、あの場ではそういうことにされてしまう。彼女の個性なんて見なかったことにして、型に嵌められ、通俗的な物語の助演女優にさせられてしまう。

私はそれが、いつも悔しくてたまらなかった。

私だったら、もっと彼女にふさわしいシナリオを書けたのに。


これが名古屋独特のものなのか、他所でも似たようなものなのかはわからないけれど、それでも、ここ数年のあいだに立て続けにあった妹たちの結婚式は少しだけ様子がちがっていた。

照れ臭さからかなんなのか、妹（ま）は式のあいだずっとげらげら笑っていた。花嫁というのは楚々と俯いて微笑んでいるもの、という型から大きく外れた妹（ま）に、「あの子！

笑いすぎ！」と母はずっと怒っていて、そんな母を指さして今度は私が爆笑していた。

「手紙はなしにしようと思ってるんですが」

と打ち合わせの際に申し出た妹（ま）に、結婚式場の担当者はひっと息を呑み、「花嫁の手紙がないなんてそんな、ありえない……」という圧を送ってきたそうだ。花嫁の手紙といえば結婚式のクライマックス中のクライマックス、みんなそれを楽しみに来ているのに！

——とまで言われたという。

花嫁の手紙なんて当人に負担がかかるぐらいで、おそらく式場が受け取る代金も追加で発生しないだろうに、どうしてそこまで熱心に勧めてくるのか理解に苦しむ。新婦の親が毒親だったり、天涯孤独の身だったりしたらどうするんだろう。それでも「感動的」な手紙を強要するんだろうか。

結局、その圧に押され、妹（ま）は泣く泣く手紙を読まされるはめになったのだが、よくある定型文には陥るまいと心を凝らして書いたその手紙は、非常に妹（ま）らしい良い手紙であった（姉バカか）。

妹（ゆ）の結婚式は、まるでジャイアンリサイタルのようであった。名古屋栄のど真ん中にあるテレビ塔内のレストランという会場のチョイスからして、イケイケドンドンである。中学高校と吹奏楽部に所属し、音大のミュージカル科に通い、ミュージカル俳優として舞台に立ったこともある妹（ゆ）は、思うままに歌い、踊り、サックスを吹き鳴らし、さらにはピアノの弾き語りまで披露していた。そのあいだ新郎はただじっと席に縛りつけられているだけ。やりたい放題でありのままますぎる、これも妹（ゆ）らしい結婚式というかオン・ステージであった。

妹たちがどこまで自覚的だったかはわからないけれど、あの日、彼女たちはたしかに彼女たちのまま、主演女優としてあの場に立っていた。そのことが私はとても誇らしくてうれしい（やっぱり姉バカだな）。

私自身についていえば、四年前に婚姻届けを出したときに、いちおう近くの教会に見学に行ったりもしたのだけど、なんとなくぴんとこなくて二の足を踏んでいるうちに、本格的に不妊治療をはじめることになって有耶無耶のままきてしまった。

もしいま結婚式をやるなら、新郎新婦の入場曲はもちろん「HiGH&LOW」のテーマ曲「HIGHER GROUND」で決まりである。S.W.O.R.D. の祭りは達磨《だるま》を通すという鉄の掟のもと式場スタッフは全員赤い法被《はっぴ》を着用、「FU-FU はたがいを裏切らねえ！」という誓いの言葉とともにケーキ入刀、からの「MUGEN ROAD」――という流れのハイロー婚ならやってみたいと思うけれど、ぜったい夫が嫌がるだろうからおそらく無理だろうな……。

不謹慎なんて言わないで

三代目J SOUL BROTHERSのツアーチケットの抽選にはずれ、失意のどん底にいる。しかも、待ちわびていたEXILE THE SECONDのツアーはまさかの名古屋飛ばしときた。ひどい。ひどすぎる。神はいないのか。子を授けてくれなかっただけでなく、三代目のチケット（あとEXILE THE SECOND）まで授けてくれないなんて……。

こういうことをリアルで私が言うと、みな困惑顔で黙り込んでしまうのだが、いや、渾身の不妊ギャグなんだからどうか笑ってくれよと思う。

まあ、そうは言っても笑えないですよね。そんなかんたんな話じゃないことぐらい、私だってさすがにわかっている。

NHK Eテレの『バリバラ』に出演する障害者の多くは、障害者ギャグを嬉々として連発し、「感動するな！　笑ってくれ！」をモットーにしている。そうすることで古くから障害者に付加されてきた「不幸でかわいそう」というイメージを払拭し、心理的なバリアフリーを実現しようとしているのだろう。

障害者が健気にがんばる姿を「感動ポルノ」として消費するコンテンツには私も胸糞の悪いものをおぼえるが、だからといって『バリバラ』を見てげらげら笑えるかといったらそうでもない。どうしても、「この番組、すげえな?!」という驚嘆の気持ちが先に立ってしまうのだ。それだって「感動」だし「消費」じゃないかと言われてしまったら、もうなにも言い返せない。心のバリアフリーにはまだまだ遠い。

二〇一二年に日本で公開されたフランス映画『最強のふたり』（※二〇一九年にハリウッドでもリメイクされた）は、事故で首から下が麻痺してしまった富豪フィリップとその介護を請け負うことになった失業中の青年ドリスが少しずつ心を通わせていく姿を描いた作品である。

——と書くと、いかにも感動的なヒューマンドラマを想起させるが、このドリスという青年の障害者を障害者とも思わない言動がとにかくひどいのである。フィリップの脚に熱湯をかけて、「ほんとになんにも感じないんだな」と面白がったり、チョコレートをくれと言うフィリップに「これは健常者専用チョコだからだめだ。すげえブラックジョーク、笑えるだろ?」とげらげら爆笑する。車椅子用のステップのついたワゴン車を「こんなのやだ。馬みたいに荷台に乗せるなんて」といやがり、マセラティに車椅子を積み込んでパリの街をぶっ飛ばす。スピード違反で警察に捕まった際には、フィリップに発作のふりをさせて難を逃れるばかりか、垂れてきた涎《よだれ》を拭ってやりながら、「きったねえなあ」などと暴言を吐いたりもする。

そんなドリスに対し、フィリップは怒るどころか、とてもうれしそうにしている。「彼は私に同情しない。そこがいい」のだとフィリップは言う。

一方でドリスは、フィリップの秘書マガリーにからかい半分のアプローチ（というか完全なセクハラ）をしかける。その度にマガリーは怒りを表明するのだが、彼はそれも含めてにやにや笑って楽しんでいる。ホモソーシャルな男性同士の関係を描いた作品にはありがちな女性の扱いではあるが、ドリスはだれに対してもがさつでデリカシーがなく、それを受け入れる人もいれば、そうではない人もいるということが、とてもフェアに描かれている（その後、マガリーはドリスに同性の恋人を紹介し、「3Pならいいわよ」とからかって意趣返しをする。最高！）。

劇中、私がいちばん好きなのは、アース・ウインド&ファイアーの「Boogie Wonderland」に合わせ、若く健康な肉体を見せつけるようにドリスが踊るシーンだ。ドリスの姿を見つめるフィリップの表情からは、憧れと諦めが入り混じったような複雑な感情が読み取れる。ドリスを演じるオマール・シーがしびれるほどかっこよくて、残酷だけれど何度でもくりかえし観たくなる。

「あんなふうに軽やかに、私も健常者ギャグを言えるようになりたい」

昔の手帳に、当時書いたとおぼしき感想メモが残っていたが、まだその境地には到達できていないし、到達することがほんとうに良いことなのかも、いまとなってはよくわからなくなっている。少なくとも私はドリスのようながさつなやり方で他人とコミュニケーションを取りたいとは思わないし、健常者だろうと障害者だろうと相手に不快な思いをさせたくない、失礼なことをしたくないという恐れがつねにある。

その一方で、配慮のバリアで弾かれてしまう当事者の寂しさもよくわかる。こちらが「ふつう」に接しなければと気負えば気負うほど、「ふつう」からはどんどん遠ざかり隔たりが生まれてしまうものだが、ドリスにはそれがない。フィリップが喜ぶのも当然である。だからといって、中にはそっとしておいてほしい当事者だっているだろうし、同じ行為でもセンシティブに受け取る相手もいれば、げらげら笑って受け入れてくれる相手もいるだろう。

とまあ、こんなふうにあれこれ考えはじめると身動きが取れなくなってしまいそうなんだけど、当事者から放たれる不謹慎（とされがちな）ギャグのうちで、私が気がねなく笑えるものといえば、「老い」に関するものだろうか。

「ええんだわ、俺なんてどうせもうすぐ死ぬでさ」

おちょけた老人（おもにうちの祖母）がなにかあるごとに口にする「死」ネタには、ぷっと素直に噴き出してしまう。だれもがいずれ行く道だからだろう。いずれ私も、「死」ネタを口にする日がくるだろうとたやすく想像できる。そこで、「いやいや、まだまだ長生きしてもらわないと」なんてマジレスするのは粋じゃないとすら思う（中にはそう言われたくて言っている老人もいるだろうが）。

昔から葬式をネタにしたコメディ（『やっぱり猫が好き』や『前略おふくろ様』のお葬式の回など）が大好きだったというのもあるけれど、私にとって「死」ネタは鉄板中の鉄板なのである。先日も義父の葬儀の最中に、一人だけずれたタイミングで噴き出して弔問客に奇異の目で見られてしまった。まさか自分が、『やっぱり猫が好き』のレイちゃんのような大人になるとは……。

「死」ネタ以外では、昨年のM－1グランプリでの上沼恵美子《かみぬまえみこ》さんの更年期ギャグが最高だった。声をあげて爆笑する私に、あ、ここ笑っていいところなんだ?とつられるように夫も笑っていた。更年期・閉経ギャグ、もっといろんな人の口から聞きたいものである。

「加齢」ネタといえば、忘れてならないのが阿佐ヶ谷姉妹《あさやしまい》である。「おばさん」をあんなにも肯定的に表現した人たちがかつていただろうか。日常の些細な「おばさん」あるあるを、かわいらしくおかしく、時にダイナミックに描く阿佐ヶ谷姉妹のコントに笑いながら泣き、泣きながら笑い、救われたような気持ちになった「おばさん」は私だけではないと思う。

幼少期から「おばさん」を笑いものにするような作品にばかり接してきた私は、「おばさん」になることをとても恐れていた。だからといって美魔女になれるだけの美意識もなければ根性も知識も財力もないし、どうしようどうしようとおろおろしているうちに押しも押されもせぬ立派なおばさんになっていた。たっぷりと肉のついた背中を丸め、駅の改札やスーパーのレジでもたもたし、ふたまわり近く年の離れた若い人に年齢を訊ね「よゆうで産んでる／ギリ産んでない」とげらげら笑って相手を困惑させる、どこにでもいるふつうのおばさん。

そう考えてみると、笑える／笑えないの線引きは、当事者性に大きくかかわるものなんだろうか。不妊にしろ障害にしろ加齢にしろ、第三者がその属性に勝手にネガティブな意味づけをしていることがそもそもの問題で、レッテルを払拭しようと当事者のほうが躍起になるのはおかしな話ではないかと思う。それでもいざ自分が当事者側になると、どうにかせずにはいられなくて気が急《せ》いてしまうのだ。

なにがなんでも笑いにしなければならないわけでもないと思うけれど、それにはやはり笑いが——嘲笑ではない笑いが、いちばん有効だという気がする。上沼さんや阿佐ヶ谷姉妹はお笑い芸人だから当然として、『バリバラ』も『最強のふたり』も「死」ネタを飛ばす老人も冒頭で「不妊」ギャグをかました私も、笑いにすることで目に見えない壁を弾き飛ばそうとしている。笑いこそがなによりも強く素早く、多くのものを載せて相手に届けることができる手段だと信じているのだ。

——なんてもっともらしいことを言いながら、私の場合、単にどうしようもなく根がふざけているだけな気がしないでもない。義父の葬儀の最中にも、なにか面白いことはないかと目をぎらつかせ、見つけたそばからすぐに夫にシェアしてげらげら笑っていたし。不謹慎ギャグ、思いついたらすぐ言いたいすごく言いたい私のような不真面目で軽薄な堪え性のない人間に、がさつだとかデリカシーがないだとかドリスも言われたくないだろうな……。

妊婦はそんなことを言っちゃいけません

「あー、しんど。やっぱりやめておけばよかったな」

二人目の子どもを妊娠中のときに、突き出たおなかをさすりながらぽろりと叔母が漏らした言葉だ。

当時、まだ二十代前半だった私は、妊婦がそんなことを言うなんて！と衝撃を受けた。妊婦というのは、いつもしあわせのふわふわした綿雲にくるまれてやさしく微笑んでいるものというイメージしかなかったのだ。いまでも相当バカだけど、当時は輪をかけてバカで無知で視野が狭く想像力が足りていなかった。

叔母がどこまで本気で言っていたのかはわからないが、妊婦だってそれぐらい口にしてもいいじゃんか、といまなら思える。頻尿や腰痛、つわりやむくみ、頭痛や不眠やホルモンバランスの乱れ等々、多くの症状に苦しめられながら数ヶ月間のあいだ胎内にもう一つの命を抱え込み、自分の体が自分のものじゃないみたいにままならなくなってしまうのである。愚痴の一つも言いたくなるだろう。やめときゃよかったと後悔することだってあるだろう。

おまけに、その先には命がけの出産が待ち構えているのである。死ぬほど痛い思いをして子どもを産んだら、今度は不眠不休の新生児育児が控えている。私なんか、想像しただけで恐怖と不安に押しつぶされてべそかきそうになってしまうのだが、マジでみんな、よくやってる！　すごい、ほんとうにすごいよ。

それでもやっぱり、妊婦はそんなことを言ってはいけない、考えてもいけない、という風潮はいまだに根強い気がする。なんせ「子どもを最低三人くらい産むように」などと政治家が平然と発言するような世界線である。お国のために女が子どもを産むのはあたりまえ、子どもを産まないなんてわがままだ、子どもを産み育てるのは素晴らしいことなのだから女なら喜んでしかるべき等々、耳を疑うような発言がいまだに各メディアから流れてくる。本気であの人ら、女は子を産む機械だとしか思ってないんだなと愕然とする。

あいにく女は人間なので、毎日しんどいつわりに苦しめられていれば「いっそ殺してくれ」と思うこともあるだろうし、真夏に臨月を迎えれば「あー、しんど。やめときゃよかった」と言いたくもなるだろう。長引く陣痛にイライラして夫に当たり散らしたくもなるだろうし、いざ対面した我が子をかわいいと思えないことだってあるだろう。ふわふわしたピンク色の綿雲に女を押し込めようとするんじゃないよ、まったく。

——っていまだからこそ思えるようになったけれど、もし自分が妊娠・流産を経ていなければこんなふうに思えていたかどうか怪しいところではある。

三年前、最初の体外受精で妊娠判定が出た。

まさか一発で結果が出るとは思っていなかったので、「妊娠してますよ」と医師に告げられたときは、喜びよりも驚きのほうが大きかった。えーっ、うっそー、信じらんなーい！私たちって超ラッキー夫婦じゃなーい？　その先に沼が待ち構えていることなどつゆ知らず、思いがけないコスパの良さに浮かれあがっていた。

早速「妊すぐ」（※休刊）や妊娠・出産に関する本を何冊か購入し、女性総合センターの図書館にも足しげく通い、数々の妊娠・出産エッセイなどを片っぱしから借りて読んだ。そうしてはじめて、妊娠・出産というのは百人いたら百通りなのだと知ることになった。

中でも、田房永子《たぶさえいこ》さんの『ママだって、人間』や、はるな檸檬《れもん》さんの『れもん、うむもん！』などは、一見「おもしろおかしい」タッチでありながら、妊娠・出産・育児にまつわるシビアな現実を描いた名著で、出産したばかりの妹（ゆ）にもプレゼントしたほどである。「妊婦はそんなことを言ってはいけない」の「そんなこと」が率直に描かれていることに、まだ入口に立ったばかりの私は心から安心したおぼえがある。

正直に言うと、このとき私は、妊娠したことを素直に喜べないでいた。一回目の体外受精で結果が出たことはうれしかったが、妊娠そのものに対しては複雑な気持ちを抱えていたのである。

秋に韓国に行く予定だったのに、妊娠中に生ものを食べるのはあまりよくないらしいからカンジャンケジャンが食べられない、といういまから思えばクソほどどうでもいい些末な悩みもあれば、この先体調がどのように変化するのかまったく読めないから、手をつけたばかりの連載小説がどうなるか不安でしょうがなかったし、陣痛や会陰切開や産褥《さんじょく》など分娩のあれやこれやも心配だった。なによりも、ワンオペ育児になることを恐れていた。

夫の帰りは毎晩遅い。一ヶ月でも一週間でもいいから育休を取ってほしいと頼んでみたが、「育休は無理でも、時間の融通はきくから」となだめられた。夫は経営者なので、融通をきかせることはたしかに可能だろうけど、それがどの程度の融通なのか、毎日なのか週に一度なのか、わからないことが怖かった。それでなくとも遅筆なのに、この先しばらくは育児に縛られて思うように小説が書けなくなる。友人の作家は五十の保育園に落ちたと言っていた。さすがに名古屋ではそこまでひどいことにはならないだろうが、楽観もできない。この先、ハイローの新作が公開されたらどうすればいいんだろう、ＬＤＨのコンサート会場には託児サービスがあるが、映画館はさすがに無理だろう……等々、悩みは尽きなかった。

それでも、検診で心拍が確認できたときには、なにか考えるより先にこみあげてくるものがあったし、「なんてかわいいんだろう」と胎嚢《たいのう》の写ったエコー写真にうっとり見惚《みと》れたりもした。性別に関係なくつけられる名前がいいなとあれこれ候補を挙げたりもしていた。習い事や受験は本人の意思を尊重したいが、英語教室にだけはなんとしても通わせたい。ディズニー・チャンネルは必須である。自分があまり本を読まない子どもだったことは棚にあげ、我が子には責任をもって素晴らしい蔵書を揃えてやらなければ、と鼻息も荒く意気込んでいた。

まだ妊娠超初期段階だというのにベビーグッズ専門店に赴いて、男児用・女児用で色分けされたベビー服を見て勝手にカリカリしたりもしていた。育児雑誌の「男の子の育て方・女の子の育て方」なんて特集を見つけては、ぎえ――っと山岸涼子《やまぎしりょうこ》先生の『天人唐草《てんにんからくさ》』のヒロインのような叫び声をあげたりもした。ママ友たちとジェンダー観や価値観のちがいから衝突したときにはどうすればいいのだろう、自分が孤立するだけで済むならかまわないが、我が子まで巻き込むわけにはいかないし……と気の早すぎる心配までしていた。

子どもが生まれてくることが、すごく怖くて、楽しみだった。

七週目に入ったころに流産した。

夜中にソファでごろごろしながらスマホをいじっていたら、つるつるとなにかが降りてくる感触があった。痛みはまったくなく、おりものかなと最初のうちは気にせずそのままごろごろしていた。そのつるつるがどろどろに変わったあたりで、やっとなにかがおかしいことに気づいて体を起こすと、ソファに赤いしみができていた。

風呂場に飛んでいき、下半身をシャワーで流した。そうしているあいだにも、どろどろしたものが脚の間からあふれ出てくる。ひときわ大きな血の塊がタイルの上を流れていったのを見て、もう終わりだ、と思った。胎児が流れていったんだと思った。

「どうしよう、血が止まらない、どうしよう」

様子を見にきた夫に告げたら、それまで堪えていた涙が止まらなくなった。

「いま心配してもしょうがないから、明日病院で診てもらおう」

あちこち血だらけで、汚れた下着やパジャマやソファもそのままだったし、排水溝には血の塊が滞っている。気にはなったが、後始末を夫にまかせてベッドに横になった。念のため、夜用の生理用ナプキンをつけて、シーツの上にバスタオルを重ねた。

翌朝、起きてすぐにクリニックに電話して事情を説明すると、すぐに来てくださいと言われた。出血は続いていたけれど、生理用ナプキンでおさまるほどのものだったし、不安のあまり吐き気がするぐらいで体調にも大きな変化はなかった。こんなときはもっと具合が悪かったりするものなんじゃないかと勝手に思って、ちょっと具合の悪いふりをしていたようなところさえある。

いつも一時間待ちがあたりまえなのに、受付をしてすぐに番号を呼ばれ、内診室に通された。心拍が確認できて、「大丈夫、ちゃんと赤ちゃんいますよ」とカーテンの向こうから励ますような医師の声がした。妊娠判定のとき、「妊娠してますよ」と告げた女性の医師だった。切迫流産を起こしかけている、すぐに近くの入院施設のある病院を手配する、黄体ホルモンの薬を多めに出しておくから引き続き飲み続けるように、と説明を受けているあいだ、涙が止まらず、ハンカチで口をおさえて頷くことしかできなかった。

入院先の大きな総合病院で、もう一度、診察を受けた。

「あれ？　ないよ。いない。いない。剝がれちゃったかな」

カーテンの向こうから、けろりとした声が聞こえてきた。こちらも女性の医師だった。引っぱりますよー、と電灯の紐を引っぱるぐらいの軽い調子で声をかけられ、ずるりとなにかが体内から抜かれた。

「処置をしなくちゃいけないから、どっちにしても入院だね」

クリニックでもらってきた薬はどうすればいいかと私が訊ねると、

「どうするもなにも、だってもう流れちゃったんだから、飲んだってしょうがないでしょう」

とその女性医師はばかにしたように鼻で笑った。

あんまりのことに涙も引っ込んだ。

医師にとってはいちいち気に留めてもいられない日常茶飯事なんだろう。流産した患者のメンタルにいちいち引っぱられていたら仕事にならないだろうし、流産なんてよくあること、そんな悲観的にとらえるようなことじゃないという感覚も理解しようと思えばできたが、だからといって許せるはずもなかった。

「初めて?」

医師が席を外した隙に、年配の女性看護師が声をかけてきた。医師とはうってかわって、こちらを気遣うようなやさしい声だった。妊娠のことを言っているのか、それとも流産のことを言っているのかわからなかったけど、どちらにしろ初めてのことだったので、ハンカチで口をおさえたまま頷いた。

「見る?」

私は首を横に振った。

「うん、そうだね」

ほとんど声にならない声で言って、看護師は別室に去っていった。

放っておいたらその医師に六人部屋にぶちこまれそうだったので、いや、てめえマジでふざけんなよと思いながら個室にしてくれと頼んだ。出産を控えた患者や、出産を終えたばかりの患者と同室になるのだけはかんべんしてほしかった。点滴をしたままぐうぐうと寝て、起きてから個室のベッドで少しだけ泣いた。個室の窓いっぱいに雲一つない透きとおった青い空が見えて、それがよけいに涙を誘った。

赤ちゃんがいなくなってしまったことが悲しかった。人の心がないみたいな医師のもの言いにぐらぐら煮え立つような憤りをおぼえながら、クリニックの医師や看護師の気遣いをありがたくも思った。その一方で、どこかほっとしている自分もいた。

悲しい気持ちは嘘じゃないのに、めそめそ泣いてる自分がなんだかしらじらしく思えて、泣きたいのに泣けなくなった。

流産あるあるすごく言いたい

妊娠中、性欲がぱたりとなくなった、という人の話を聞いたことがある。それまで毎日のように大量摂取していたやおい本にもまったく食指が動かず、長すぎる賢者タイムの果てに、このまま枯れていくのだろうかとあきらめかけていた（それは、やおい者にとっての「死」を意味する）が、出産を終えたとたん不死鳥のようによみがえり、「ください！　いますぐやおいをください！」と子育ての合間に貪り読んだという。

それとは逆に、妊娠中でもひたすらフルスロットルだったというやおい妊婦からの報告もいくつか受けている。

かくいう私はといえば、妊娠中は濡れ場を飛ばして商業ＢＬコミックを読んでいた。やおい者の風上にも置けぬ所業である——というか、濡れ場を飛ばしたらほとんど読むとこなくねえか?! みたいな作品も中にはあるのにそれでも読もうとするんだから、むしろやおい者の鑑《かがみ》では?と思わなくもない。

一種のつわりのようなものなんだろうか。やおいにかぎらず性的なシーンを目にすると、吐き気にも似た倦怠感をおぼえて見る気になれなかったのだ。賢者タイムの妊婦のように、まったく欲望が湧かなかったわけではなく、見たいことは見たいのだけど体が受けつけない、というかんじだった。

七週目で流産したその当日、消灯時間を過ぎてからなにもすることがなくて、病室のベッドの上でiTunesに入れておいたBLCDのドラマ音源を聞いた。

昼間さんざん寝たせいで目がぴかぴかに冴えていて、ピカチュウの着ぐるみが何匹か集まって大縄跳びをしたり、イーブイの着ぐるみと競走したりする動画を見てげらげら笑っていたら、あっというまに速度制限を食らい、点滴で体勢を制限されているから思うように本も読めなくて、こんなときこそオーディオブックだ！とひらめいたのだ（※オーディオブックではない）。

倦怠感はもうおぼえなかった。かといってすぐさま「ください！　いますぐやおいをください！」というテンションになれたかといったらそうでもなく、声優さんたちの熱演ぶりにむらむらするより先に笑ってしまった。イヤフォンから聞こえてくる男二人のあえぎ声と自分が置かれている状況のミスマッチがおかしくて、すかさずTwitterに投稿しようとしたのだが、流産のことを伏せなきゃいけないことに気づいて愉快な気持ちがしゅるしゅるとしぼんでいった。

あとからこの時のことをかかりつけの鍼灸師（ち）さんに話したら、

「いいねそれ！　治りが早くなりそう！」
と実にやおい者らしい率直な感想がかえってきた。

安定期（もしくは最低でも妊娠三ヶ月）に入るまでは妊娠したことを周囲に告げてはならない、という不文律がある。

流産の危険性が高いから、というのがその理由のようだが、わかるようでわからない理屈である。むしろ安定期に入るまでのほうがつわりもしんどいし、体を気遣わねばならない時期でもあるのだから、あらかじめ周囲に伝えておいたほうが配慮もしてもらえるんじゃないだろうか――と思ってしまうのは、会社勤めをしたことのない人間の浅知恵だろうか。万が一、流産してしまったときに周囲に気まずい思いをさせたくないという考え方もあるようだけれど、いやいやいやいやそれぐらい背負うよ、背負わせてくれよ、いちばんつらいのはあんただろ、つらいときはおたがいさまやんけ、と浅はかにも思ってしまう。

たしかに流産は悲しいことかもしれない。だけど、家族や友人やペットや推しの死だって悲しいことじゃないか。恋人と別れたり、友人と絶縁したり、欠陥住宅をつかまされたり、コロナウイルスの流行で楽しみにしていたイベントが中止になったり、ほかにも病気や失業や事故や災害や犯罪、生きているかぎり我々には様々な困難が襲いかかる。どこからどこまでを公言するかは、その人の自由であるはずだ。

石を投げればバツイチに当たるというぐらい、まわりは離婚経験者ばかりだというのに、安定期（ってなんだ）が過ぎるまで結婚の報告を控えるなんて話は聞いたことがない。家族や友人やペットや推しの死にいたっては、自分が先に死なないかぎり100％の確率で起こることである。どうして流産の話だけがこんなにも避けられ、隠されなければならないんだろう。

流産の確率は全体の15％に及ぶといわれている。数字だけ見ればかなりの割合だ。そのわりに、流産したという女性の話をまわりではあまり聞いたことがなかった。

大っぴらに話しちゃいけないこととされているから、多くの人が内々で処理をし、なかったことにしているのだろう。不妊治療にもそういった側面はあるし、生理だって最近になってムーブメントが起こっているけれど、少し前までは口に出すのも憚られることだった。

古くから日本では、生理中の女性を「穢れ」とみなし、月経小屋に隔離したり、神社に参拝することを禁じたりする風習があった。スウェーデンの女性漫画家リーヴ・ストロームクヴィストの『禁断の果実　女性の身体と性のタブー』によると、女性や生理をタブー視する文化は日本にかぎらず世界中に存在するようだ。出産による出血ですら厭われていたぐらいなので、流産した女性の扱いなどそれは酷いものであっただろうことは容易に想像がつく。

流産を他人に知られてはならないという不文律の根っこは、おそらくこのあたりにあるのではないだろうか。出所さえわかってしまえば、そんな女性蔑視的なクソ因習になんで二十一世紀を生きるうちらがつきあってやんなきゃなんないの？　クソたるいっつーか知んねえっつーの、ほんじゃお先でーす！というかんじである。

もちろん中には、他人に知られたくない人もいるだろうし、話したくなければ無理に話す必要なんてないとも思うが、自分の体のことなのに勝手にアンタッチャブルにされ、さらにはそれを内面化してしまっていることに、私個人はやり場のない怒りをおぼえる。

それでも妊娠判定が出て流産するまでのわずか一ヶ月足らずのあいだは、この不文律になんの疑問も抱かず、そんなものかと受け入れていたようなところがあって、人に知られてはならないというプレッシャーからほとんどの予定をキャンセルした。「どうして今日はお酒飲んでないの？」とだれかから訊ねられたときに、うまくごまかす自信がなかったのだ。

どうしてもキャンセルできなかった飲み会が一件だけあったが、トロピカルなんちゃらソーダとかいうような、一見酒に見えるノンアルコールカクテルを選んでごまかした。わざわざいらぬ嘘をつかなくて済んだのはよかったけど、本来ならめでたいはずのことなのに、なんでこそこそしなければならないのかとモヤモヤした気持ちが残った。ちょうどその日はやおい者ばかりの集まりだったので、さっそく妊娠時におけるやおいづわりについて研究報告をしたかったのに。

病院のベッドから、妊娠を打ち明けていたごくわずかの相手に「流産しちゃったよー」と軽い調子でメールを送信した。相手が返答に困っている様子が、画面からも伝わってきた。背負わせてしまって申し訳なかったが、夫のほかにも知っている人がいてくれることがそのときはありがたかった。「私はぜんぜん大丈夫だから！　いつから酒を飲んでいいのか、いま血眼《ちまなこ》になって調べてるとこだよ」と冗談まじりに二言三言のやりとりをした。

妊娠初期の流産は受精卵の染色体異常によるもので、避けようもなく起こることだ。無理して仕事を続けていたからではないか、身体を冷やしすぎたのではないか、とつい自分を責めてしまう女性が多いようだが、なにをしようとしなかろうと、起きるときには起きてしまうものなのである。しかも全体の15％――四十代では50％の確率にのぼるというんだから、むごいものだなと思う。

だけど、むしろ私はそのことに救われた。理屈がわかれば納得はできた。数字が私を冷静にしてくれた。ふむふむなるほど、了解でーす、と実にさっぱりしたものであった。

いくらなんでも薄情すぎるんじゃないかと我ながら心配になり、入院中に流産を経験した女性たちの文章をネットで読みあさったりもした。彼女たちの言葉は切実で胸に迫り、涙を誘われもしたけれど、流産という経験は個々人のものであるはずなのに、それを語るための言葉がすでに用意されていて、そこからはみ出す言葉や感情を選んだら許されないようなかんじが、ちょっとだけした。流産してもへらへらしている女の書いたものが読みたかったのに、そんなものはどこにもなかった。

一泊二日の入院生活を終えて家に帰ると、注文してあった出産・育児本が段ボールいっぱい届いていた。よりによってこのタイミングかよ！とさすがに笑ってしまい、すかさずTwitterに投稿しようとして（以下略）、いよいよ私はぶちきれた。なんでや！　なんで内緒にしとかなあかんのや！　「流産あるあるすごく言いたい」状態がずっと続いていて、いいかげん我慢の限界だったのだ。

某国民的アイドルのAくんは生まれつき右肩に大きな痣《あざ》があるのだが、雑誌のグラビアに修整が入ってなにもないみたいにつるりと消されてしまったことがある、とかなり昔インタビューで語っていた。次からは修整しないでほしい、痣も含めて自分なのだから、と雑誌側に告げたという彼の気持ちが、そのときになってやっとわかった。短い期間ではあったけど、たしかにおなかの中にあの豆粒みたいな子はいたのに、上から修整液で塗り潰されるなんてたまったもんじゃなかった。

物語に描かれる流産はいかにもおそろしげで、不幸であわれげなものばかりだ。流産した女はみな悲嘆に暮れ、めそめそ泣くばかり。わかりやすく記号的で、私の体験したものとは大きな隔たりがある。

良くも悪くも物語が社会に及ぼす影響を私は理解しているつもりなので、流産してもへらへらしている女のことも書いておかんとなと思い、ちょうど依頼を受けていた新聞のエッセイに書くことにした。共感を求めていたわけでもましてや同情してもらいたかったわけでもなく、「ふーん、そっか」ぐらいのテンションで受け止めてもらえればじゅうぶんだった。「こういう人間もいるんだよ」と言いたかった。

この連載の第一回にも書いたが、みんな知らないだけなんだと思う。知らないから勝手にレッテルを貼り、なんとなく気まずくて、目をそらして見なかったことにしてしまう。

実際に自分で経験するまでは、うかつに触れてはなるまいと遠ざけていたようなところが私にもある。流産したその当日にさえ、夫に買ってきてもらったカツサンドやプリンを貪り食ったり、ＢＬＣＤのドラマ音声を聴きながらぐふぐふ笑っている女がいることなど、知りようもなかったのだから。

くりかえしになるが、だれもが公言すべきだと言っているわけではない。言いたくなければ言わなくていいし、もし知られてしまったとしても周囲に気を遣って明るくふるまう必要なんてない。割り切れなければいつまでもぐずぐずそこに留まっていればいい。つらい経験を乗り越えることだけが正解じゃない。悲しみの処し方はそれぞれなのだから、無理をしないのがいちばんだ。

それでもいつか、「流産あるある」を言いながらみんなで笑える日がきたらいいな、と思っている。

ばらを見にいく

昨日（※編集部注：二〇二〇年四月十日金曜日）、愛知県にも県独自の緊急事態宣言が出された。

この二ヶ月ほど、ずっとざわざわした気持ちで暮らしていた。東京のタクシー会社で運転手が全員解雇されたというニュースを目にした。念願だった自分の店がやっと出せたのにと嘆く飲食店の店主や月収が五万円にまで減ってこのままでは生活がたちゆかなくなるという女性の街頭インタビューを見た。様々なイベントや公演が中止・延期を余儀なくされていて、このままでは文化とそれに関わる人たちが死んでしまうとあちこちから悲鳴が聞こえてくる。私も談春の独演会とTHE RAMPAGEのコンサートのチケットが泡になった。

近所のクリーニング店に冬物を取りにいったら、「みんな家で仕事しとるもんだから、ワイシャツとかそういうのがぜんぜんこなくなって困っとる」とお店のおばさんが話していた。家に帰ってからなにかクリーニングに出せるものはないか探したけど見つからなかった。スーパーに行くと、いまだにトイレットペーパーが店頭に並んでいなかったりする。ハンドソープまで品薄。緊急事態宣言が出されてもまだ営業を続けようとしているお店はたくさんあって、そこで働く人たちの感染を恐れる声をＳＮＳで目にした。

三日続けて夜中に救急車のサイレンが聞こえた。どこかで事故でもあったのかな、なんて最初のうちは夫と話していたけれど、もしかしたら自宅療養中に病状が悪化したコロナウイルス感染者かもしれない、と昨晩ベッドの中でふと思った。焦燥感と不安感、罪悪感が日々つのっていく。

テレビでニュースを流しながら何時間もえんえんとスマホを見続けていて、あるときバケツの水があふれるみたいに涙が止まらなくなった。花粉症みたいなものだろうか。容量を超えてしまったようだった。

人の命よりも経済や利権、そしてなによりオリンピック開催を優先する政府の対応に怒りの声をあげる人々を、非難し冷笑する声がこのところ目立ちはじめている。「こんなときに非難してる場合じゃない」とかなんとか訳知り顔で。それを知り合いが「いいね！」したりリツイートしたりしているとよけいに食らう。政治家が毎日のようにとんちんかんなことを言ったりやったりしているのに、いま批判しないでいつするっていうんだろう。金曜日の夜、歌舞伎町を巡回する警察官の手には警棒が握られていた。「みんなでひとつになろう」と言われても、ひとつになんてなれるかよ。〝美しい物語〟で目くらまし。とんだディストピア。

これはまずいな、と思ってスマホを見ないようにするアプリをダウンロードした。スマホを見ないようにするスマホのアプリってどういうこっちゃねんと思いながら、魚を育てるアプリと木を育てるアプリ、どちらかで迷って木を育てるアプリのほうにした。コインを集めたら世界のどこかに本物の木を植えられるらしい。最初の何回か、木の種類が選べることを知らなくてスギばかり植えていた。見ているだけで目がかゆくなる。

今週に入ってから日中はずいぶん暖かくなって上着がいらないぐらいの陽気になった。近所の児童公園では、散りぎわの桜の下、子どもたちが甲高い声をあげながら毎日飛びまわっている。いつもなら、ああ、春だな、春がきた、とはちきれそうな喜びを感じるところなのに、心の中はしんと静まりかえっている。

二〇一一年の春もこんなふうだった。ある一定のラインを超えたら、奇妙な静けさがやってきた。あのときも感受性をにぶくして、できるだけなんにも感じないようにして酒ばかり飲んでいた。うちにはいま箱ワインと角瓶がある。昨日も飲みすぎてNetflixで映画を観ながら寝落ちしてしまった。

普段からずっと家にいるので、私の生活はさほど変わっていない。もともと家族以外の人に会うのは月に一、二度ぐらいが限界でそれ以上だとノイズになってしまうので、いまのところそんなにさびしくもない。

月曜日（日付が変わっていたから火曜日か）の夜には『テラスハウス』を観ながら友だち

とＬＩＮＥのビデオ通話で話した。また来週もやろうねと言っている。毎週これがあるならさびしくなることもないだろうけれど、『テラスハウス』の収録が現在どうなっているのか、それが気がかりなところではある。進んでまわし飲みをしたがる男性がちょうどいま出演しているんだけど、そんなの一発アウトじゃんね。

ジムに行けないかわりになるべくたくさん歩くようにはしている。わざわざ遠くのスーパーまで行って、腕がちぎれそうになりながら荷物を抱えて帰ってくる。花を飾り、コーヒーを淹れてお菓子を食べ、サウナに行くかわりに家で温冷浴をする。日曜日には夫と外食をしてレイトショーで映画を観るのが長年のルーティンになっていたのだけど、最近は観そびれていた古い映画を配信で観ている。『復讐するは我にあり』が面白かったので、次は緒形拳つながりで『火宅の人』を観るつもり。大林宣彦監督の映画をこの機会に観返すのもいいかもしれない。

変わったのはそれぐらいで、あとはほんとうに平常どおりだ。夫は介護職なので、よほどのことがないかぎり仕事を休めない。夫は喫煙者で、ふだんからよく咳をしているので感染したら重症化するかもしれない。私は毎日家にいて原稿を書いている。いつもどおり日常が進んでいくことに罪悪感をおぼえるあたり、ほんとうに東日本大震災のときと似ているんだけど、この先どうなるかわからないという不安はあのとき以上にある。なにかが大きく変わってしまうという恐怖。どう変わるのかがまったくわからないからよけいに怖い。

去年から連載している小説の最終回をちょうどいま書いている。令和元年を生きる女性芸人と女性アナウンサーの話で、最終回は令和二年の春まで時間が差しかかる。去年は闇営業問題が発覚し、お笑い業界に激震が走った年だった。元号が変わったのを記念してというわけでもないけれど、令和元年がどんな年だったか記録しておく意味で、私にしては時事ネタをもりもり盛り込んだ小説になった。コロナのことを無視して最初に予定していたとおりの展開にするのが躊躇《ためら》われ、このところずっと書きあぐねている。テレビが大好きで、テレビに憧れ、テレビの世界に飛び込んだ主人公が、志村けんの訃報を知る前に物語を閉じられたらよかったのに、もうそういうわけにはいかない。

それでも小説を書いているあいだはその世界に没頭していて、ほんのいっときでも現実を忘れていられる。仕事で小説を書き、あとの時間のほとんどは本を読んだり映画を観たりしている私はつねに現実逃避をしていることになるので、多少は現実を見ておかないと、という妙な義務感があり、テレビのニュースを流し、えんえんとSNSを見て、これはまずいと思ってスマホの森に木を植える（以下くりかえし）。

そういえば不妊治療の現場はどうなっているんだろうと気になって、通っていたクリニックのサイトを見たら、四月一日に出された日本生殖医学会の声明を受けて、不妊治療の延期を検討するよう呼びかけていた。妊娠中はそれでなくともなにかと不安がつきまとうのに、いま妊娠中の人たちはどれだけ心細い毎日を過ごしていることだろう。里帰り出産は控えるように、とテレビのニュースでも呼びかけていた。現在、産院では立ち会い出産も面会も禁止されているという。それを考えたら不妊治療の延期も致しかたないのかもしれないが、リミットの迫った夫婦にとっていかに酷な選択であるか、やるせなくなってそっとサイトを閉じた。

毎年五月には、鶴舞《つるま》公園のばらを見ながらロゼワインを飲む〝マリー・アントワネット会〟をしている。花見のシーズンはまだうす寒いし混雑しているし花粉症もあるしで、ちょっと時期をずらしてばら見にしようよ、と友人（わ）が言い出して、作家仲間や仲のいい編集者数人のあいだで恒例になっている会だ。

「なんて優雅なの。私たち、マリー・アントワネットみたい！」

作家の先輩（お）さんがそう言っていたので、いつのまにか〝マリー・アントワネット会〟という名前になっていた。鶴舞公園にはフェルゼン伯爵、オスカル フランソワ、王妃アントワネット、アンドレ グランディエという名前のばらが順に並んで咲いている。推しのルイ十六世がいないのがなんでやねん！というかんじではあるが、はじめてばら見をしたその翌年にまさかマリー・アントワネットの小説を書くことになるとは思っていなかった。

「呪いだね、ばらの呪いだよ」と連載が終わるまでことあるごとに先輩（お）さんが笑って言っていた。

『マリー・アントワネットの日記』のスピンオフとして書いた『ベルサイユのゆり』にヴィジェ＝ルブランという王妃の肖像画家だった女性の章がある。甘やかでロマンティックな美しい絵を描く画家で、革命が起こってからはフランスを逃げ出し、ヨーロッパの国々を渡り歩きながら王侯貴族の肖像画を描いて食いつないでいたのだが、彼女もまた、拭いたくても拭いきれない罪悪感を抱えていたんじゃないかと思う。

亡命中にヴィジェ＝ルブランは、おそらくは贖罪のつもりで、ルイ十六世の処刑前夜の国王一家の別れの様子を描こうと試みたが、途中で筆を折っている。資料でこのエピソードを読んだとき、ルブランの作家としての誠実さを感じた。甘く乙女チックな作風だった画家が、革命が起こったからといって急に社会派を気取り、深刻な顔をしだしたらそっちのほうがよっぽど要注意だし、信用ならない気がする。

私は美しいものを愛していました。美しいものを美しく描くことこそが私の天分でした。美しいものがただ美しくいられた古き良き時代《アンシャン・レジーム》が心からなつかしい。

『ベルサイユのゆり』で書いた彼女の心情は、そのまま私の心情に重なる。甘くふわふわした少女趣味な小説ばかり書いていた私が、二〇一一年の春に感じていたことだ。

あれから九年が経ち、いまだって不甲斐なさをまったく感じないわけじゃないけれど、甘いお菓子やキャンディの効能をなめんじゃねーよとも思っている。不要不急の、なんの栄養にもならない、そういうものでしか癒せない傷があることを知っている。

五月の状況がどうなっているか、現時点ではまったくわからないけれど、おそらく今年は〝マリー・アントワネット会〟を開くのは無理だろう。この原稿を書いている途中で、友人（わ）から鶴舞公園に宴会禁止の立て看板が出ていたと写真が送られてきた。すべての楽しい飲み会がそうであるように、いい年した大人たちが集まってくだらないことばかり言ってけらけら笑っている、こんな日があるからまた一年がんばれる、私にとってはご褒美のような一日。次にいつそんな日がやってくるのかわからないけれど、いまはその日を待ちわびながらひたすらパンを食べている。お菓子がないならパンを食べるしかないじゃない。

五月になったら、ばらを見にいこうと思う。鶴舞公園までうちから歩いて三十分ぐらい。いい運動になるだろう。よく晴れた日にひとりでばらを見にいく。それは、おやつに入りますか？

コレガ、サビシサ

コロナウイルスの影響で『テラスハウス』の撮影が休止になってしまった。

なんでじゃ！　テラスハウスの中でみんなで自粛してればええやんけ！　撮影スタッフが入るのが問題なら固定カメラで二十四時間撮りっぱなしにしとけや！　江の島デートしてるところなんかよりそっちのほうがよっぽど見たいぞ！　この際スタジオトークもいらんから！と強欲な視聴者としてはつい思ってしまうのだが（『テラスハウス』には視聴者をモンスターにしてしまうなにかがある。ほんとうに恐ろしい番組である。こんなことをして法に触れないのかと、ときどき不安になるほどだ。違法とわかっていながら視聴したらそれも犯罪になるんじゃなかったっけ？）、緊急事態宣言下の半軟禁状態で撮影を続行したりなんかしたら、住人たちのストレスが溜まりに溜まって殺し合いが起こりかねないから休止はやむをえないのかもしれない。この先、いつ復活できるのかまったく先が読めないけれど、このまま卒業してしまうメンバーもいるんだろうな、と思うと胸に空いた穴から少しずつ空気が抜けていくみたいな喪失感を覚え、「コレガ、サビシサ……」と感情の芽生えはじめたロボットのようにつぶやいてしまいそうになる。

というのも、だれとも会わずに引きこもり生活をするようになって二ヶ月になるが、まったくこれっぽっちもさびしくないし、そうなる気配すらないのである。『テラスハウス』を見ながらのＬＩＮＥ飲みが開催されなくなってもなんの問題もなく、〝さびしさを知らないさびしい人間〟みたいなことになっている。ゆうても夫がいるしなとは思うんだが、あいかわらず毎晩遅くにしか帰ってこないので日中はずっと一人でいる。ジムにも行かなければ買い物にも週に二回しか行かないから、ほんとにだれともしゃべらないけどぜんぜん平気。むしろ快適だと思っているぐらいだ。

つい先日、THE RAMPAGEの岩谷翔吾《いわやしょうご》さんが、ひさしぶりにメンバーとスカイプで話した日の夜、気が昂《たかぶ》って眠れなかったとインスタライブで話していたけれど、その感覚は私にも身に覚えがある。

最近はそうでもなくなったが、若いころ――特に小説家デビューしてしばらくのあいだは、人に会った日の夜はなかなか寝付けなかった。それどころか数日ぐらい頭の中がざわざわして平常運転に戻らないことがよくあった。夫以外のだれとも顔を合わせず、ほとんど隠遁生活のような暮らしをしている人間にとって、ごくたまに接触する「外部」は刺激が強すぎるのだ。声帯も衰えているので翌日は喉がつぶれ、下手するとそこから一週間近く寝込むことさえあった。

十年前、機関銃のようにしゃべりたおす作家の友人（ゆ）と新宿で焼肉を食べたその夜は、翌日に新刊の書店まわりが控えていたというのに一睡もできなかった。いまだに友人（ゆ）とさしで話していると、情報量が多すぎてふっと意識が飛びそうになる瞬間がちょくちょくある。

以来、東京に行くときには、大事な用事を先に済ませてから友だちに会うようにしている。二月の半ばに上京したときは、初日の昼に雑誌の取材を受け、夜は漫画家の友人（い）と編集者数名とで食事した。

当時はまだクルーズ船の乗客が下船できないまま船内に閉じ込められている状態で、もちろん彼らの身を案じながらも、その場にいた全員がおうちの達人みたいな人たちだったから、Wi-Fiとタブレットさえあればいくらでもこもっていられるよね、Kindleの積読を片っぱしから崩し、ビンジに次ぐビンジで海外ドラマを制覇してれば二週間ぐらい余裕っしょ、なんて冗談で話していたけれど、まさかその一ヶ月後に日本中の人たちが半強制的にそのような生活を送るはめになるとは思っていなかった（いざそうなってみると、読書もビンジもそこまで捗らないものですね……）。

ふだん、友人（い）はアシスタントさんと推しの話やオタク話をし、編集者は隣のデスクの同僚と日々のニュースや身のまわりのトピックについておしゃべりをして、自分の中に溜まっていく澱《おり》のようなものを発散していると言っていた。もしリモートワークになってそれがなくなったらつらいだろう、家族以外のだれかに向けてのアウトプットが必要なのだ、とも。

それから一ヶ月もしないうちにほとんどの出版社がリモートワークに切り替わったようで、四月の終わりに差しかかった現在、担当編集者たちの様子がおかしくなっているのがメールからありありと伝わってくるようになった。文芸編集者なんてインドア&文化系の代表みたいな職種ではあるが、なんだかんだいって人に会うことが多い仕事でもあるから調子がくるっているんだろう。マジでご自愛してマジでと遠方から声をかけることしかできないのがつらい。まあ、なんだったらあれだ、流行りのZoom飲み会でもそのうちしましょう。

東京二日目には友人の結婚祝いをするため、女ばかり十人ほど集まって四谷三丁目の中華料理店でごはんを食べた。去年の夏に神楽坂でいっしょにシャンパンを飲んだデカ長もきていて、新婚生活についてねほりはほり聞きまくっていた。けっこうなボリュームの料理をすでに何品も頼んでいるのに、メインの肉はどうするだの、〆にチャーハンでも食うかだの、もっと食え食えと田舎のばあちゃんみたいなことをしきりに若い男性の店員さんが言ってくるので、「いや、うちら中年なんでそんなに食えないから」とそのたびに断った。もしかしたらコロナの影響で客足が遠のいてるから、無理にでも中年女のグループにたくさん食べさせようとしてたんだろうか。そのぶん、お酒をいっぱい飲んだんだからいいじゃんね。

まだこのころはみんな危機感も薄くて、だれかが「濃厚接触」という言葉をエロワードみたいに使ったら競うようにわっとみんなでかぶせて、けらけら笑ったりしていた。なんの話をしていたのかもうほとんど忘れてしまったけど、このときも『テラスハウス』の話をしていた気がする。べろべろに酔っぱらってきゃあきゃあ騒いですごく楽しかったけど、終電が近づくにつれて少しずつみんなちりぢりになっていった。こんなに楽しいのに帰ってしまえるなんてすごい、とお開きの時間が近づいてくるといつも思ってしまう。「お・と・な・じゃーん」とノリ男みたいに指さして言いたくなる（※中年ゆえ引用が古い）。たいてい私はずるずるとその場に居残って、終電を逃してタクシーで帰るはめになる。この日もそうだった。なにがさびしいって、だれかといっしょにいたときの別れ際が私はいちばんさびしい。

いまから思えばこの二月は、私にしては活動的な一ヶ月だった。

二月の頭には名古屋・大須《おおす》にある喫茶アミーゴというお店で、まさに絵に描いたような三密状態の中、少女漫画について語るイベントを開催した。二月の終わりには、同じく喫茶アミーゴで村上開新堂のクッキーをお迎えし、『ミッドサマー』風のテーブルセッティングでお茶会をした。自粛前にぞんぶんに人に会っておいたから、いまもそこまでさびしさを感じずに済んでいるというのもあるかもしれない。おかげで三月に書き終わる予定だった連載小説がずるずると先送りになり、四月の後半に差しかかってようやく書き終えたところである。

人と会うのが嫌いなわけではなく、むしろ好きなほうだと思うんだけど、あっというまにキャパシティを超えてしまうから、月に一、二回までと制限をかけるようにしている。私の場合、はっきりと仕事の進捗に影響があらわれるので困りものなのだ。いったん集中力が途切れると、もとに戻るまでにかなりの時間を要してしまう。

二十歳で実家を出てから二十年以上になるが、地域コミュニティに属することもなく、社会から切り離されたはぐれ者のように暮らしてきて、たぶん一生このままなんだろうなという予感がある。子どもがいればまたちがったのかもしれないが、流動性のない閉じた人間関係の中に置かれると、「密です！　密です、密です、密です！」と叫んですぐさま逃げ出したくなる私のような人間にはこの生活が向いていると思う。SNSやLINEで遠隔でつながってるぐらいがちょうどいい。インターネット万歳。静かで平穏な「人里離れた」この暮らしを私は気に入っている。

おそらくこれから――完全に元の世界に戻るまでにどれだけの時間がかかるかわからないけど――そもそも元の世界になんて戻れるのか？という気もするけれど――人と人との関わり方は大きく変わっていくんだろう。人が好きで、人と触れ合うことが好きで、人と密接につながりたい人にとっては、しばらくつらい日々が続く。恋愛や結婚の形はいやおうなく変わっていくだろうし、家族や友だちという概念も揺らいでいくかもしれない。『テラスハウス』なんて存続させるのも難しいんじゃないだろうか。さすがの私でも、あまりの人恋しさに「コレガ、サビシサ……」とつぶやく日がやってくるかもしれない。

それでも、孤独に慣れきってからだれかと飲む酒は甘露だよ。副作用で眠れぬ夜を連れてくるのがたまに瑕《きず》ではあるけれど。

きみは月

すぐに人を好きになるけれど、すぐに失望もする。

ほんとうにうかつに人を好きになる。よく知りもしないくせに好きになる。

そのくせ、ちょっとでも思ってたのとちがう面が見えてきたりするとすぐに離れたくなる。顔も見たくないほど嫌いになることさえある。

このごろは、その人のことを、あんまり知らないでいたほうがずっと好きでいられる気がする。

岩井《いわい》勇気《ゆうき》さんのことを考えながらいまこれを書いている。

岩井さんのことは以前からぼんやりとは知っていたけど、とくべつ好きでも嫌いでもなかった。好きになったり嫌いになったりするほど、よく知らなかったとも言える。

去年、新潮社からエッセイを刊行されたようで、そのパブリシティのためにあちこちの媒体で岩井さんを見かける機会が増え（テレビより紙やラジオのほうがなじみがあるのでこういう認識になってしまうのが申し訳ない)、あ、たぶん、この人のこと好きだなって予感があったんだけど、いまこのタイミングで岩井さんのことを好きになるってすげえダサいよなと端的に思って、見ないふりをしていた。ミーハーのくせにあまのじゃくなので、ときどきこういうことになってしまう。好きになったら負け、好きになるのが癪《しゃく》だとさえ思っていた。

そこへ、塩の魔人が舞い降りてしまったのである。

四月に放送された『ザ・ドリームマッチ2020』という番組で岩井さんが渡辺直美さんと組んで披露したネタが「塩の魔人・醤油の魔人」だった。EDMトラックに乗せて、塩の魔人・醤油の魔人に扮した二人がくりひろげるミュージカル調コントである。

『ザ・ドリームマッチ』は、いまをときめくお笑い芸人総勢二十名がツッコミとボケに分かれ、フィーリングカップル形式でカップリングを成立させ、新作ネタを披露するという主旨の番組である。一人の芸人に数人から指名が集まったり、一途に思いを寄せられ続ける芸人もいたりして、そんな状態を「モテモテ」とか「いい女」などと表現し、たがいにたがいを褒めあってホモソしぐさでいちゃいちゃしてるのをにやにやしながら見守っていたけれど、古い油で揚げた糖衣たっぷりのドーナツみたいで、途中から胃がもたれてしまった。

二十名の芸人の中で女性は渡辺直美さんただ一人というのもびっくりだったけど、彼女がほとんど画面に映らないことにはもっと驚いた。だって渡辺直美だよ⁉ 私なんて直美ちゃんが見たくて見てたようなものなのに! 日本を代表するポップ&ファッションアイコンである渡辺直美が、ホモソ芸をくりひろげるドメスティックな男芸人たちの中に入っていけず、隅のほうに追いやられている様子が見ているだけでしんどくて、『ドキュメンタル』のシーズン４で「男社会だなって……」と泣き出した黒沢かずこさんをいやでも思い出してしまった。ジェーン・スーさんの対談本『私がオバさんになったよ』で、「男の芸人たちのパスワークの中になかなか入れない」と語っていた光浦靖子《みつうらやすこ》さんのことも。

　そんな中、岩井さんだけが最初からずっと直美さんを指名していたことが後に判明し、すっかり白けきった目で番組を見ていた私は、感激のあまり噴き出てきた涙をパジャマの袖で何度も拭わなければならなかった。好きになったら負けとか言ってる場合じゃなかった。好き。もう完全に好き。もはや好きが止まらない。

　しかも、それで披露したネタが「塩の魔人・醤油の魔人」なんだから最&高が限界突破である。惜しくも優勝は逃してしまったけれど、当初のもくろみどおりＳＮＳでバズったから、試合に負けて勝負に勝った感ありありで、『幽☆遊☆白書』における暗黒武術会での蔵馬vs.鴉戦に匹敵するムネアツ展開であった。

　それから岩井さんのＳＮＳを見たりラジオを聞いたりするようになったんだけど、いまのところ嫌いになる要素が見つからなくてどうしようかと思っている。これ以上好きになってから幻滅するより、手っ取り早く嫌いになったほうが傷つかなくて済むし、ずっと好きでいたいならこれ以上知らないでいたほうがいいのかもしれないとも思う。

元来、私は度過ぎたミーハーなので、芸能界やそれに準ずるものが好きすぎて、これまでにもたくさんの芸能人やそれに準ずる人をうかつに好きになり、その人の情報を集めたり作品を視聴したりライブに通ったりしてきた。中にはもうそれほど熱心に追いかけなくなってしまった人もいるし、好きが転じて嫌いになってしまった人もいる。ほんの一瞬すれちがった程度で、一時期関心を寄せていたことすら忘れてしまったような人もいる。

もちろん向こうは私の存在など知るわけもないから、一方的に思いを寄せたり離れたりするだけだ。でもなんだかときどき、とても無責任でいけないことをしている気分になる。芸能人に対する好きとか嫌いをこんな形で表明するなんてほとんど暴力みたいなものなんじゃないかって。

十代のころに大好きだったミュージシャンが、時代からはぐれたような発言をしているのをＳＮＳで見かけたりすると、変わってしまったのはむしろこっちのほうで、あのころのまま彼はなんにも変わっていないのに、恥ずかしいからやめてくれとか、そんな姿見たくなかったとか傲慢なことを思ってしまう。いっそ嫌いになれたら楽なのに、なんせ十代のころに夢中だった人だから、彼を好きだったころの幸福な記憶がＤＮＡに刻まれている。あんなふうに人を好きになることはたぶんもう二度とないんだろうなと思うと、いつまでも未練がましくぐずぐずと〝捨てられないもの〟の箱に入れておきたくなる。

外出自粛が〝要請〟されるようになってから（どう考えてもおかしい日本語だけど、はたして新潮社校閲部のチェックは通るんだろうか）、さまざまな有名人がインスタライブを行ったり無料動画を公開したりするようになって、ミーハーな私と妹（ま）は以前より忙しい毎日を送っている。推しはもちろんさして興味のなかった芸能人まで、毎日だれかしらのインスタライブを見ながら、「カート・コバーンのポスターを部屋に貼ってる！」だの、「家にいるのにしかも夜なのに帽子にサングラス……？」だの、「キッチン家電がぜんぶバルミューダ！」だの、ぎゃーぎゃーLINEで実況するのがなによりのエンターテイメントになっているのだ。おかげで妹（ま）はいまバルミューダのトースターのことで頭がいっぱいらしい。

Kōki, とCocomiの姉妹二人が、「結婚相手はとと（木村拓哉）よりかっこいい人と決めている」と発言したインスタライブは残念ながら見逃してしまったのだが、あとから細切れの動画をあちこちからかき集めてきて、「なんなのこの子たち、『りぼん』マンガの主人公を地でいってる」「吉住渉《よしずみわたる》クンの世界みたい」「髪きれいすぎん？」「このまま『りぼん』コミックスの表紙になれる」とひとしきり悶えた。デビューグラビアを見た瞬間からKōki, のことなんかもちろん当たり前のように大好きになってしまったけど、Cocomiにいたっては生まれたときからすでに大好きだった。「キムタクと工藤静香の娘、心美ちゃんっていうんだー！」って十八年前から大騒ぎしていたからね。あの一家とは今後も家族ぐるみのおつきあいをしていきたいものである。

――とまあこんな具合に、容姿やトーク力や受け答えのセンスやファンへの気配りやインテリアやファッションだけに留まらずしまいには家族関係まで持ち出して、画面に映るだれかを褒めたりけなしたりほかのだれかと比較したりして、毎日ものすごい勢いで人間を消費している有様である。彼らの自宅からパッケージングされていない素のままの（ように見える）状態で、スマホの小さな画面で自分に向かって直接話しかけられる（ように見える）から、脳がバグってしまっているのかもしれない。

「あなたって、〇〇だよね」

と人から規定されることが私はとにかく嫌いで、そんなことをだれかに言われようものなら、たとえそのとおりであっても、たとえ〇〇の中にあてはまる言葉が称賛であったとしても全力で否定したくなる。

なのに、芸能人やそれに準ずる人には勝手にレッテルを貼り、好きになったり嫌いになったりしてるんだから我ながら驚いてしまう。同じ人間だと思っていないから気安く扱えるのかもしれない。画面の裏側でその人がどんな苦悩を抱えているかも知らずに、画面に映ったその人の一部にうかつに心を奪われ、きゃーきゃー言ったりこうして文章に書いたりもする。その暴力性には自覚的でありたいと思っているが、それで罪が軽くなるわけでもない。

私が見ている月の輝きは、太陽の光をあてられたほんの一面にすぎないということを、忘れないようにしなければと思う今日このごろである。

ひとまず、ずっと見ないふりをしてきた岩井さんのエッセイを読んでみようかと思う。

スパゲッティ・ポモドーロ・アルデンテ

料理をおぼえたのはいつごろだっただろう。ここ数日ぐらいずっと考えているのだが、はっきりしたことが思い出せないでいる。

いつのころからか、夕飯の米を研ぐのは私の仕事になっていた。母に電話で指示されたとおり、レタスを洗ったり、海老の殻を剝いたり、カレーや肉じゃが用のじゃがいもの皮を剝いたり、ハンバーグの玉ねぎをみじん切りにしておくのも。下ごしらえのその先、海老フライの衣をつけたり、カレーを煮込んだり、挽き肉をこねたりするのは母の仕事で、ひそかに憧れたものだった。

餃子だけは包むところまでさせてもらえた。私はひだを細かくつけることができて母に褒められたが、妹（ま）はぜんぜん上手にできなくて、さんざんマウンティングしたことをおぼえている。そのうち妹（ま）は真面目に餃子を包むことを放棄し、大胆に皮を二枚使って花の形の餃子を作ったり、当時流行っていたキャラクターを模したりとやりたい放題しはじめた。ほんとうは私も真似したかったのだが、尾張富士より高い姉としてのプライドがそれを許さなかった。実際に焼いてみると、妹（ま）の作り出した変形餃子はことごとく皮が剝がれて見るも無残な姿となり、それ見たことか、そんな邪道がまかり通ると思うな、と鬼の首を取ったようにばかにして笑ってやった。

同じ環境におかれていたのに、三姉妹の中で妹（ま）だけが結婚するまでほとんど料理をしたことがなかったのはどうしてだろうと長らく疑問に思っていたが、たったいまその謎が解けた気がする。あれだけ姉にマウントを取られたら、そりゃあやりたくもなくなるよね。ごめん、ごめんね、妹（ま）よ。もしまた来世で姉妹になったらマリオは譲る。未来永劫ねえちゃんがルイージでいいから……。

中学生のころにはオムライスやスパゲティや焼きそばなど、簡単なものなら自分でも作れるようになっていたが、それをいつ覚えたのかがどうもはっきりしない。こんにゃくは下ゆでするとか、茄子は水にさらしてあくを抜くとか、海老の背わたを取るとか、さやえんどうのすじを取るとか、数の子の薄皮を剝くとかいった細かいことは母に教わった記憶があるのだけど。

それから、フライパンは熱いうちに洗うということも。「鉄は熱いうちに打てって言うでしょ？」と母はしきりに言っていて、ことわざ辞典を熟読するような子どもだった私は、そのたびに意味がちがうんじゃないかともやもやしていた。それにテフロン加工は鉄じゃないのでは……？とか。まあ、ニュアンスはわからなくもないんだけど（ヤな子どもだなー）。

一時期みじん切りにした玉ねぎを炒め、ホールトマトをつぶして煮込んだトマトソースのスパゲティをしょっちゅう作っていたのだが、あれはどこで覚えたんだろう。オリーブオイルににんにくの香りを移し、パスタのゆで汁と乳化させてソースを作るなんてことや、ポモドーロなんて名称を覚えるのはずっと後のことで、煮詰め方が足りず、酸っぱいばかりで味のとがったトマトソースをゆであげたスパゲティにぶっかけただけの料理を得意げに家族や彼氏にふるまっていた。まるで「スパゲッティバジリコ」で大はしゃぎしていた黒板五郎《くろいたごろう》のようだが、90年代前半の日本の地方都市のイタリアン観などその程度のものだったのである。

高校生のとき、友人と名古屋駅の生活創庫（※現在はビックカメラ）の裏にあった洒落たイタリアンレストランでランチを食べたことがある。山本屋の味噌煮込みうどんもびっくりの芯が残りまくったガジガジのスパゲティを、「これがアルデンテというやつか」と私たちは思い込み、おいしい、おいしいと言いながら必死に咀嚼して飲み込んだ。

アルデンテという概念は『ミスター味っ子』のミートソーススパゲティの回で、スパゲティを窓ガラスに貼りつけて芯を透かして見る、という常人には到底思いつかない奇天烈なエピソードですでに履修済みだった。「これが正真正銘、本物のアルデンテ！　我々はいま真のアルデンテを食べているっっっ！」と感動した私は、家でそのゆで加減を再現しようと試みたが、スパゲティの袋に表示されている時間よりいくらか早めにざるにあげても、どうしたって「真のアルデンテ」にはならなかった。スパゲティはお湯から引き上げても余熱でどんどん火が通るのだと知るのはこれまたちょっと後のことである。本場イタリアでも地域や家庭によってはさしてアルデンテにこだわらず、ぶよぶよにゆでたスパゲティを食べたりすることがあると知るのも。そういえば名古屋人の私も、味噌煮込みうどんはやわらかいのが好きだ。

最近ではアルデンテのゆで時間まで記してあるメーカーもあるが、それでも「真のアルデンテ」にはなりようがないから、あのお店の料理人はよっぽど早くに鍋から引き上げていたのだろう。どうしてそんなことになったのか、それがあのお店のスタンダードだったのか、イモ臭い女子高生をからかってやるつもりだったのか、いまとなっては確かめようのないことである（高校卒業後、再び訪れたときには、すでに別の店に変わっていた）。

ちなみにだが、うちの母はつい最近までイタリア料理のことを「イタめし」と呼んでいた。

イタめし。

なんていやなかんじのする言葉だろう。

「イタめし」と口にするとき、人はだいたい調子こいている。本人は無自覚でも、「イタめし」という言葉の持つ拭いがたい調子こきのニュアンスに引きずられ、高みからすべてを見下すようなぞんざいな態度を取ってしまう。そもそもはバブルのころに「フランス料理ほどハードルが高くなく、気軽で手ごろ」というある種の見下しを込めてつけられた名称のようなのだが、新しく日本に入ってきたイタリア料理についてきちんと学ぼうともせず、アルデンテだのキャンティだの、それっぽい単語を並べることで通ぶっている「ギョーカイ人」の浅はかな精神性が透けて見えるような言葉である。同じ調子こきなら、「スパゲッティバジリコ」でいつまでもはしゃいでいた黒板五郎のような調子こきに私はなりたい。

二十歳で家を出るときに、実家にあった一冊のレシピ本を盗んできた。母が持っていたレシピ本はそれだけで、長らく使っている様子もなかったから、私が持って出ても問題ないだろうと思ったのだ。

いま手元にないのでうすぼんやりした記憶しかないが、けっこうなぶ厚さで膨大な数のレシピが掲載されていた。日本の基本的な家庭料理を網羅してある上に、ケーキのようにかわいく飾られたちらし寿司とか、なんちゃってビーフストロガノフとか、海老や野菜をコンソメ味のゼラチンで固めた、見たこともたこともないような料理まで載っていて、子どものころは見ているだけでわくわくしたものだ。

しかし、いざ自分がそのレシピを活用する段になると、当時にしてすでに古くさい雰囲気があって、すすんで試してみる気にはなれなかった。なんといっても当時の私ときたら「スパゲッティ・ポモドーロ・アルデンテ」全盛期である。スパゲティサラダのレシピを鼻で笑い、ナポリタンなんて邪道中の邪道、イタリア人に対する最大の侮辱だと思い込んでいた若かりしころである。

では、なにを頼りに料理の道を切り拓いていったかといったら、ここで「オレンジページ」が登場する。一人暮らしをはじめたばかりでレシピ本を買うようなお金はなかったけれど、当時四百円もしなかった「オレンジページ」ならなんとか買えたのだ。唐揚げや生姜焼きなどの基本的なレシピ+大胆なアレンジを加えたものという構成が、好奇心旺盛な料理初心者にはとにかくありがたかった。なにより雑誌だけあって、いま作りたい、いま食べたい旬なレシピばかりというところが、「スパゲッティ・ポモドーロ・アルデンテ」な私にもフィットした。料理の基礎のほとんどは、「オレンジページ」に教わったと言っても過言ではない。

最近はスマホ一つであらゆるレシピが無料で見られるようになったので、便利な時代になったものだとばかり思っていたのだが、料理をするようになって日の浅い妹（ま）によると、情報があふれすぎていてどこから手をつけていいのかわからないのだそうだ。たしかにネットのレシピは玉石混交だし、ある程度、料理経験を積んだ私でさえ、たまにおかしなレシピを引き当ててしまうぐらいだから、初心者がそれを見極めるのは難しいかもしれない。近ごろはレシピ動画も増えているけれど、文字に書きおこしてくれたほうがありがたいと思ってしまうのは私が年寄りだからだろうか。

とまあそんなわけで、ネットにはあまり頼らず、「だれでもかんたんお手軽レシピ♪」的な謳い文句のレシピ本を何冊か買い求め、しばらくやりすごしていた妹（ま）だったが、先日ついに運命のレシピ本『土井善晴さんちの　名もないおかずの手帖』に出会ったという。「レイアウトも写真もすごく好みで、見ているだけでうっとりする。なにより私でも作れそう、と思わせてくれるシンプルなレシピに胸が躍る」とのことで、わかるわかる、その感覚私も知ってる、と引きずられるように古い記憶が蘇った。

私がはじめて自分で買ったレシピ本は、高山なおみさんの『野菜だより』だ。なぜか近所のコンビニの雑誌売り場に置いてあって、雷に撃たれたような衝撃を受けた。野菜をメインに一冊作ってしまうという大胆さにまずしびれたし、装丁から写真からフォントにいたるまで洗練されているのにどこか素朴なかんじもあって、料理の工程を記しているだけなのに詩情の立ちのぼる文章に夢中になった。

それからというもの高山なおみさんのレシピやエッセイをあれこれ買い求め、「高山なおみかぶれ」期がしばらく続いた。ナンプラーを家に常備するようになったのは、完全に高山なおみさんの影響である。高山なおみさんの本に「ベトナム風ナポリタン」なるレシピが載っていれば、もはやこれは立派な創作料理であると認めざるを得ず、ついに「スパゲッティ・ポモドーロ・アルデンテ」も卒業した。

ちなみに高山なおみさんのレシピは、妹（ま）には「高尚すぎる」とのこと。

「〝1　前日の下ごしらえ。〟って書いてある時点で詰む」

「あー、なおみそういうとこあるよね」

そう言われてしまったら、笑って引き下がるよりほかにない。

どんな本だって著者（や編集者やデザイナー）の思想や美学や哲学を享受するものだと思うけれど、中でもレシピ本というのは、著者の思想や美学や哲学を、五感ぜんぶで受け入れ味わい尽くすことのできる数少ない表現形態かもしれない。だから、人によって「合う／合わない」がはっきりと出やすいジャンルでもあるんじゃないだろうか。

それまで「オレンジページ」やスーパーに置いてある無料の冊子で済ませていたのを、「高山なおみかぶれ」期以降は、いろんなレシピ本をすすんで買い集めるようになった。ひとたび気に入った著者の本は、その思想も美学も哲学もフィットするということに相違ないので、ついつい何冊も買い求めてしまう。

自分の好みの傾向としては、「アジア（とりわけ東アジア）」「料理をおいしくするための理屈が書いてある」「多少手がかかってもいいからなるべく本格的な味を再現する」「化学調味料は使わない」「驚きと新しさ」あたりだろうか。「食べたい！」と「作りたい！」のバランスが取れていることも大事なポイントかもしれない。どんなに食べたくても手のかかるレシピだとなかなか作る気にはならないし（私にとってはコロッケやフムスがそれにあたる）、どんなにお手軽なレシピでも「食べたい！」とそそられなければ意味はない。料理の写真は、見る者の欲望をやたらとかきたてるようなシズル感でぬらぬらしたものより、控えめで落ち着いたもののほうが好みだ。

そんなこんなで、いまうちには三十冊以上のレシピ本があるのだけれど、長いあいだなかなか活用できていなかったのを、コロナの自粛期間を機に積極的に活用してみることにした。てきとうな炒め物や煮物ばかりのルーティンに陥っていた我が家の食卓が、にわかに豊かさを取り戻したのはいいものの、自分で作るごはんがおいしくてつい食べ過ぎてしまうのがたまに瑕ではある。

そういえば、ここしばらくトマトソースのスパゲティは作っていない。我が家の定番は、冷蔵庫にある食材でてきとうに作るオイルベースのスパゲティに取って代わってしまった。トマトのパスタといえば、夏に生のトマトで冷製のフェデリーニを作るぐらいで、ごくまれにナポリタンを作ったりもする。２・２㎜の太麺をぶよぶよにゆであげて、トマトケチャップをたっぷり投入し、仕上げに溶き卵を流し入れる名古屋式のやつを。

ダイエット・ア・ラ・モード

ダイエットをはじめてかれこれ二十年近くになる。

しかし、一向に痩せる気配がない。それどころか年を追うごとに体重・体脂肪ともに右肩あがりの第二の成長期（中年期ともいう）に突入している。

漫然とジムに通い、漫然と糖質制限をしながら、三日にいっぺんぐらい〝がんばった自分へのご褒美〟にケーキを食べたりビールを飲んだりカップ焼きそばをほとんど噛まずに貪り食ったりしてるんだから、客観的に見たらそりゃ痩せるはずもないだろうが、本人はいたって大真面目に「ダイエット中」の看板を掲げている。もう長いことずっと「ダイエットをしていない時期などない」ぐらいの認識なのである。昨日は夜の九時過ぎにビールの大瓶を二本飲み、台湾ラーメンとチャーハンをかっ食らったけど。

思えば子どものころから、痩せていたことが一度もない。いつもだいたい平均体重かやや肥満気味。もともと筋肉がつきにくく脂肪をためこみやすい体質だったのと、運動嫌いなのと食いしん坊なのと怠惰な性格があいまって、愛のままにわがままにすくすくと育ってしまった感がある。

「お菓子ばかり食べてないで、ちょっとは運動しなさい」

母にはよくそう言って叱られた。

小食で太りにくい体質の母は、ぱんぱんに肉の詰まったソーセージのような娘の肉体がとにかく不気味だったんだろう。妹二人は大食いのわりに背が高く痩せ型で、ちんまりころころしているのは私だけだった。自分が産んだはずなのに、自分とはぜんぜんちがう得体のしれない生き物がソファに寝そべってもぞもぞと休みなくなにか口に入れていたら……と考えると母の気持ちもわからなくはない。女子高生の姿をしたザムザみたいなものだもんな。

「ぶくぶく太ってみっともないったら。あのお尻見てよ、牛みたいでしょ」

近所のおばさんが家に遊びにくると、聞こえよがしに愚痴ったりもしていた。現在の感覚からすると、十代の子どもにそんなことを言って摂食障害にでもなったらどうするんだとひやひやしてしまうが、さいわいなことに私のメンタルは鋼のように強く、痩せたいよりも食べたい気持ちのほうが、がぜん強かった。

「まあまあ、心配しなくても大丈夫だって。年頃になれば女の子は自然と痩せるから」

そのとき、近所のおばさんがフォローするように口にした言葉を、ある時期まで私はそのまんまの意味で丸ごと信じ込んでお守りにしていた。そっかそっか、いまはホルモンバランスのせいで太ってるけど、もうちょっと年をとれば自然と肉も落ちるんだね、やったねハッピー♪と安心しくさっておおいに食っちゃ寝した。

まさかそれが、「まあまあ、心配しなくても大丈夫だって。年頃になれば女の子は恋をして、きれいになろうと努力するものよ。そのうちダイエットに励むようになって自然と痩せるから」の意味だとは思ってもみなかった。「自然と」ってなにかね？といまからでも菅原文太顔で問い詰めにいきたいぐらいである。

いざ年頃になってもまるで痩せる気配のないまま、いくつか恋などをし、その相手から「もう少し痩せたほうがいい」だの「これ以上太ったらアウトだよ」だのといった心ない言葉をぶつけられるようになってようやく私は、「自然と」に含まれていた真の意味を知ることとなる。あれだけ母から痩せろと言われてもまったく聞く耳を持たなかったくせに、男の子たちからの評価はそのまんま自分の価値なのだと思い込み、「痩せなきゃ愛されない」「これ以上太ったら抱いてもらえない」等々、ここに書くのもうんざりするような落とし穴に見事に嵌まってしまった。二十年以上に及ぶダイエットを開始したのはそのころからである。


そういえば、半年ほど前に近所の蕎麦屋で昼食を食べていたら、

「あー、おなかいっぱい。まだ食べるの？　よくそんなに食べられるね？」

という女性の声が隣から聞こえてきた。

職場の先輩と後輩とおぼしき二十代後半ぐらいの女性たちで、二人とも山菜蕎麦を食べていた。先輩のほうは丼の中にまだ蕎麦を残したまま箸を置き、後輩のほうはまだしっかり箸を握りしめていた。

「もうおなかいっぱいなんですけど、私、食べ物を残せないんです。そうやって親に厳しく言われて育ったから……」

「無理しないほうがいいよ。残したほうがいいって」

「いや、でも私ほんとにだめで、作った人や農家さんに申し訳なくなっちゃうんですよ」

という攻防がしばらく続いた。

まだぜんぜん食い足りないからぜんぶ食べるんだって正直に言えばいいのに、と隣で海老天おろし蕎麦をすすりながら私は思った。その店の蕎麦は控えめな量で、三回ほどすすったらなくなってしまった。私のほうは天ぷらが載っかっていたからかろうじて満足感を得られたものの、山菜蕎麦なんて食ったうちにも入らないんじゃないだろうか。

「それ以上太ったらセックスレスになっちゃうよ。夫婦仲の秘訣はなんといっても体型維持。気をつけたほうがいいよ」

放っておいたら先輩は、そんなことまで言い出した。若いのにこの価値観か、と一瞬気が遠くなりかけたが、若いからこそなんだろうな、とすぐに思いなおした。

ちょうどそのとき、蕎麦を食いながら読んでいたのが南綾子《みなみあやこ》『ダイエットの神様』（「女よ、男なんかのために瘦せるな」という帯がたのもしい）だったのだが、そのままプレゼントすればよかったなとちょっと後悔している。後輩のほうは大丈夫そうだから、先輩のほうに。

私だって若い頃は似たようなことを考えていたから、気持ちはわからないでもない。セックスレスはなにより避けねばならぬ忌み事で、男から性的対象として見られなくなったら女は終わり、愛こそすべて……等々、女性誌の刷り込みのままの世界に生きていた。いまとなっては笑っちゃうほどバカだなと思うけど、バカなりに当時は真剣だったのだ。


もしいま、あの頃の自分に言葉をかけられるとしたらなんて言うだろうと考えてみたけれど、「好きにしろ」に尽きると思う。

いいかい、よく聞きな。瘦せるのも太るのも自分の好きにしろ。他人の声に惑わされるな。世の中には「瘦せているほうがいい」「太っていることはだめ」というメッセージがあふれているが、そんなものを気にすることはない。大事なのは自分がどうしたいのか、食べたいのか瘦せたいのか、自分の欲望をきちんと見極めろ。健康と体力づくりのために多少の運動はしたほうがいいと思うが、運動ではそんなに瘦せないからそのつもりでな。あと近所のおばさんが言ってた例のあれ、あんなうまい話があると思ったら大間違いだからね？　なんの努力もせずかんたんに瘦せられると思ったら泣きを見るからね？

もしあんたが太ってる人生を選ぶなら、そのことで自虐するのは今後一切やめろ。自分のためにも人のためにもいいことなんて一個もない。たっぷりとはちきれそうな肉体をさらし、堂々と世界に対峙していればいい。もしあんたに向かって「デブ！」などというなんの工夫もない罵倒をぶつけてくるやつがいたら、「あ?!」と腹から声を出してにらみ返してやれ。他人にあんたの体をジャッジする権利はない。たとえ彼氏や家族であったとしてもだ。それにセックスは人生のすべてじゃないし、太っていることだってあんたのすべてじゃない。

ただし、「やだー、太っちゃーう」などと言いながら夜中に食べるパフェやラーメンはこの世で最上の美食なので、そういうときは大いに利用しろ。私からは以上だ。

ある時期まで私は、太っていることは醜いことだと思っていた。だから自分の肉体を醜いものだと思っていた。「太ったひよこみたい」「象のような太もも」「もうちょっと痩せれば？」等々、他人から投げつけられた言葉にいちいち傷ついて、いまも忘れられないでいるのはそのせいだ。同じように私も、だれかに心ない言葉をぶつけて傷つけてしまったことがあっただろう。もし過去に（この先も）そんなことがあったら、いつでも撤回するから指摘してほしいと思う。

渡辺直美を表紙に起用した〝ぽっちゃり女子〟のためのファッション誌「la farfa」が創刊されたのが二〇一三年。世界中で爆イケのプラスサイズモデルが台頭し、ボディポジティブがしきりに叫ばれるようになってようやく、「っていうか太っててなにが悪いの？」と思えるようになった。もしかしたら加齢も手伝っているのかもしれないが、メディアや美容業界が金棒のようにぶんぶん振りまわしている「きれいじゃなければ女じゃない！」の呪縛から解き放たれて、自由になったと感じるのはここ最近の話である。

自分の体を醜いとはもう思わない。まるく突き出たおなかも、たぷたぷと脂肪のフリルをつけた二の腕や太ももも、大切な私の一部だ。

それでも、いまなおダイエットを鋭意続行中なのは、わざわざ言う必要もないぐらいあたりまえのことだけど、痩せたいからである。

一時期までは「他人にバカにされたくない」というのが、ダイエットのいちばん大きな動機だった。他人の目を気にして自分を型に嵌め、自分自身の欲望を無視することがいかにバカげたことであるかは前述したとおりである。

いまは健康維持のためと、これ以上太ったらお気に入りの服が着られなくなる（すでに着られなくなっている）から。そしてなにより痩せている体に憧れがあるので、もしそうなったら自分が気持ちよくいられるだろうなと思うからだ。おそらくそれは、幼い頃から浴びに浴びまくってきた「痩せている＝美しい」という刷り込みのせいなのだろう。いつでも私の理想は、岡崎京子の描く胸のつんと尖った、平べったいおなかの女の子だった。

だからと言って、ふくよかな体を美しいと思わないわけではない。世界中で活躍するプラスサイズモデルのかっこよさ、美しさについては、わざわざここで語る必要もないだろう。

なにを美しいと感じるかは個人の自由だ。容姿で序列をつけたり他人と比較したりそこに価値を置きすぎさえしなければ、「好きにしろ」に尽きる。それでも、多種多様な美の基準を自分の中に持てば、そのぶんだけゆたかな世界が広がっていくことはまちがいないと言える。

「瘦せている＝美しい」という刷り込みから完全に自由になるのは難しいかもしれないけれど、ストイックに節制し、磨き抜いた努力の結晶としてのスレンダーな肉体を称賛し、まぶしく仰ぎ見るような気持ちがあるのもたしかだし、ボッティチェリのヴィーナスのようなふくよかな肉体を美しいとも感じる。よく太ったみずみずしい大根を丸かじりするのと、かつら剝きにして美しく細工された大根を椀物でいただくのとでは、同じ大根でもちがうおいしさがある。

――と、ここまで御託を並べておきながら、二十年もだらだらとダイエットを続けてきて、瘦せるどころか雪だるま式に体重を増やし続けているのだから、ほんとうはさして瘦せたいわけじゃないのかもしれないと最近では自分を疑いつつある。今日も朝から、ああ瘦せたい、瘦せたいとつぶやきながら、チキンラーメンにごま油をたっぷりかけてざばりと流し込んだところである。

リトルブラックドレスはもういらない

運命のリトルブラックドレスを見つけなきゃ。

シックな大人の女のクロゼットに不可欠なのがリトルブラックドレス。

フランス人は10着しか服を持たないが、そのうちの一着は当然ＬＢＤである。

旅先に持っていくのに、ちょっとしたパーティーに、夫婦の記念日に、ＬＢＤさえあれば他になにもいらない。


そんなふうに思っていた時期が私にもあった。いい年していまだ運命のリトルブラックドレスに出会えていないなんて、私ったらぜんぜんシックじゃないわ！と海外ドラマの吹替調で叫びそうになるぐらいにはＬＢＤの呪いにかかっていた。

リトルブラックドレスと聞いて真っ先に思い浮かぶのは、ココ・シャネルのあまりにも有名なあのポートレイトだ。黒いシンプルなドレスに煙草をくわえ、ハットを斜にかぶり、コスチュームジュエリーとパールのネックレスをじゃらじゃら重ねづけしたあのスタイルはいま見てもなお新鮮で真似したくなる。

それから、リトルブラックドレスの代名詞ともいえるヘップバーン×ジバンシィの鉄板コンビによる『ティファニーで朝食を』のスタイリング。マリリン・モンローやダイアナ妃のセクシーなＬＢＤ姿もファッション誌などで何度となく目にしてきたし、最近ではミシェル・オバマのゴージャスなＬＢＤ姿も印象に残っている。

意匠を凝らした色とりどりのドレスを着たセレブリティたちが、メットガラやオスカーのレッドカーペットに降り立つ姿を見るのも好きだけれど、やっぱり私がいちばんうっとりしてしまうのはＬＢＤ姿の女たちだ。けれどそれは、私個人の好みというよりは、「シャネルは永遠のあこがれ」「黒こそシック」「ヘップバーンはエバーグリーンなファッションアイコン」等々、ファッション誌による刷り込みのせいではないかという気がしないでもない。


これまでさんざん母による圧政について書いてきたが、うちの母がとくにその圧を強くするのが服飾に関することだった。文化服装学院を卒業後、名古屋のオリエンタル中村百貨店（現・三越）でアパレル販売員をしていた母は、服飾にひとかたならぬこだわりがある人だった。

結婚した当初のころはまだ父の会社もうまくいっていたようで、なんでも好きなものを買ってやると百貨店に連れていかれた母は、ずらりと並んだハイブランドには見向きもせず、

45rpm（現・45R）に直行し、Tシャツやジーンズを何枚も買ってもらってうはうはだったという（※45Rはカジュアルブランドにしてはかなり値が張るほうだが、当時はお手頃価格だったようだ）。

「なんであのとき、バッグを買ってもらわなかったんだろう。いまだったらヴィトンに直行するのに……」

だいぶ後になってから母はしみじみつぶやいていたが、DCブランド全盛期だったことを考えれば、ファッショニスタとしてはハイブランドではなく45rpmが「正解」だったんじゃないかと思う。

いまでこそ海外に行くと、目の色変えてブランド品を買いあさる遅れてきたバブル爆買い女と化している私も、二十代のころはハイブランドよりも個性的なドメスティックブランドやUS古着などに夢中だったから、その気持ちはわからなくもない。そういえば二十代前半に百貨店の靴売り場に連れていかれ、なんでも好きなものを買ってやると母に言われて、「ケッ！　おれは不良だよ…！　こんな女子供の履くような靴なんてチャンチャラおかしくて…」とジョジョ第四部の名作回「イタリア料理を食べに行こう」の虹村億泰《にじむらおくやす》ばりに鼻で笑って見向きもしなかったことがある。いまだったらあれやこれや、百貨店イツメンの靴ブランドの名前がいくつも浮かぶのに。大嫌いな言葉だけど敢えて言う。血〜〜〜！

45rpmにはじまりドゥファミリィやホームズスアンダーウェア、アニエスベーのスナップカーディガンやエルベシャプリエのリュック、デュラレックスのタンブラーなど、家にあった数々のアイテムを思い出すだに、どうやらうちの母はオリーブ少女ならぬオリーブおばさんだったようだ。洋服箪笥の一段を占めるほどのボーダーTシャツ愛好家でもあった。母の日に奮発して、あるブランドのボーダーTシャツを贈ったら、「なんだ○○か。アニエスとまではいわないけどせめて××がよかった」と言われたことをいまだに覚えている。

その程度の圧ならまだかわいいもので（ぜんぜんかわいくないけどな！）、娘たちが自分で買ってきた服飾品にケチをつけるなんて、母にとっては息をするようにあたりまえのことだった。たまに褒めてくれることがあっても値段を聞いたとたん、「高っ。せいぜい千円ぐらいかと思った。こんなものにそんなに出したの？」と目を剝いたりする。生まれてはじめて買ったヒールの靴を「キャバスケみたいな靴」と吐き捨てるように罵られたことも忘れられない。お気に入りのダメージジーンズがいつのまにかなくなっていたのも、おそらく母が勝手に捨てたのだろう。

母が好んで身につけていたアイテムは、どれもいまの私にはなじみがあって好ましいものだけど、十代の私にとってはそうじゃなかった。ヴィヴィッドカラーのピタTや大きな花の形のイヤリング、厚底のコンバース、甘いフリルのティアードスカート、鋲《びょう》のついたチョーカー（嗚呼、90年代CUTiE少女！）。十代の少女の胸を騒がせるような、キッチュで個性的で刺激的なアイテムがそこらじゅうに目移りするほどたくさん売っていて、お小遣いをやりくりしてその一部をやっと持って帰ったら、大きな手のひらで頭からぺしゃんこに押しつぶされる。さっきまでキラキラしていたものがそのたった一言で汚され、喜びではちきれそうだった胸は見るも無残にしぼんでしまう。

たしかに母はセンスのいい人だった。そうして、自分にとって〝センスのいい〟ものしか認めようとしない人でもあった。多かれ少なかれ、親というのは自分の望むとおりの服装を子どもにさせたがるものなのかもしれないけれど、それに加えて、自分の美学に反するものは頭ごなしにけなしてもかまわないというファッショニスタ特有の傲慢さが、母にはあった気がする。

ここでココ・シャネルを引き合いに出すのはさすがにおこがましい気がしないでもないが、彼女が残したとされる有名なフレーズ「香水をつけない女に未来はない」を知ったのはいまから六、七年ほど前のことだ。あまりにも圧が鬼すぎて、すぐさま私はシャネルに駆け込み、ココマドモアゼルのオードゥパルファムを買った。同じくその名言を耳にした妹（ま）も涙目になって速攻でジミーチュウの香水を買っていたから、この言葉がどれだけ女――「ある種の」としておいたほうがいいかもしれない――に圧を与えるものか、おわかりいただけるだろう。万が一、これを読んで香水を買いに行こうと思った人がいるといけないので念のため書いておくと、六、七年経つのにまだ一本使いきっていません。なんならタイガーバームのにおいのほうが好きなぐらいだから、私たぶん未来ないわ、わははははは。

経済的にも精神的にも自立した女性像を確立させ、さまざまな抑圧から女たちを解放してきたココ・シャネル。彼女の作り出したスタイルは大好きだし、その功績を尊敬し、恩恵をこうむってもいるけれど、シャネルとは友だちになれそうにないなとつくづく思ったものである。ココちゃんってさ、悪い子じゃないとは思うんだけど、たしかにおしゃれだしセンスの鬼だと思うよ？　でも美意識高すぎていっしょにいるとなんか疲れるっていうか、容赦なくファッションチェックしてきそうでしんどいから飲み会に呼ぶのはやめとこ？ってなるのは私だけじゃないと思う。まあ、私のような意識の低い女、向こうもお呼びじゃないだろうけど、頼むからアナ・ウィンター（※アメリカ版「VOGUE」の編集長。『プラダを着た悪魔』に出てきた鬼圧編集長のモデルとしても有名）あたりを相手にファッション天下一武道会で戦っていてくれというかんじである。俺たち一般人にはあんたらの拳、速すぎて見えないよ……。

話をリトルブラックドレスに戻そう。本稿を書いているうちに、時代や流行や趣味嗜好を超えた「正解」感が広く女たちを惹きつけていたのかな、なんて身も蓋もないことに思いいたってしまった。なにせ提唱者はセンスの鬼軍曹ココ・シャネル様である。間違いのなさでいったらぶっちぎりだ。

ファッションに個性や刺激を求めていた若かりしころを過ぎ、次に私がファッションに求めたのは「正解」だった。年齢的なこともあるだろうが、長引く不況によって時代がそういうムードになっていたことも関係している気がする。00年代後半に出版されたスタイルブックやおしゃれの指南書は、「上質な定番アイテムを着回して、センスのいい人に見られる」ことをコンセプトにしたものが多かった。

大人の女のクロゼットに必要なのは黒か紺のジャケット、仕立てのいいトレンチコートと白いシャツ、フェミニンなワンピース、ボーダーTシャツとグラフィックTシャツ（10年代だとこれが白Tシャツになる）、ストレートジーンズ、センタープレスのスラックス、ヒールのパンプスとパールのネックレス、そして忘れちゃいけないのがリトルブラックドレス。

ファッションには圧倒的かつ絶対的な「正解」があるという時代のムードの中で、それを象徴するのがリトルブラックドレスだったのだ。結婚式の会場にリトルブラックドレスの女が爆増したのもちょうどこの時期に重なる。その後、黒のオールインワンに取って代わられた観があるが、最近の結婚式ファッション事情はどうなってるんだろう。

10年代後半になるとそれが、「ファストファッションでいかにおしゃれに見せるか」という方向にシフトしていくのだから、「デ、デフレーション……！」とつぶやいて空を仰がずにはいられない。さらにはそこにパーソナルカラーや骨格診断が加わって「正解」が多種多様になり、万人に通用するものではなくなっていった。

改めて考えてみれば、そもそもファッションってそういうものなんじゃないだろうか。その人に合ったものをその人が着たいように着る、というのが唯一の「正解」で、センスがあろうとなかろうと、安物だろうとハイブランドだろうと、流行アイテムだろうと流行遅れだろうとなんだってかまわない。ついでに言うと、パーソナルカラーも骨格診断も気にする人はすればいいし、気にしない人はしなくていいと思う。同じようにおしゃれしたい人はすればいいし、したくない人はしなきゃいい。

社会に属する人間としては、ある程度の清潔感とTPOは守っておきたいところではあるけれど、ルールや美意識を他人に押しつけるなんてもってのほか、ファッションで他人をジャッジするような人間は、来世ではひたすら絹糸を吐き続ける虫にでも生まれ変わればいい。あ、でもその手の人間は虫になったところで「俺の吐き出す糸、シルクの原料だし」といらぬマウントを取りそうだから、衣類を食うことでファッショニスタたちに忌み嫌われているヒメカツオブシムシにでも生まれ変わってくれ。

いつのまにかLBDは「女の定番」から姿を消していた。これさえあれば安心だったはずの、シックな大人の女の必須アイテムだったはずの、女たちが憧れてやまなかったはずのリトルブラックドレス。

だけど私は、もういらない。

お金なんかと君は言うけれど

一生お金に困らない相をしている、と言われたことがある。

手相もそうだし、耳の形も、あと四柱推命《しちゅうすいめい》や姓名判断や戯れに友だちが占ってくれたタロットなんかでも、だいたいいつも「一生お金に困らないが、金持ちにもならない」という結果が出た。

そんなことを言われても、若いころはぜんぜんうれしくなかった。なんかしけててつまんない人生だな、と思って。どうせなら超豪華なペントハウスに住み、ハイヤーを乗りまわし、エコノミークラスとはおさらばして、値段も見ずに服や靴をばかすか買うような金持ちになりたかった。

金持ちのイメージがあまりにも凡庸で我ながらびびるが、当時の金持ち代表といえばパリス・ヒルトンだったので、まあそんなもんだろう。いまだったら映画『パラサイト　半地下の家族』に登場するあの家族のイメージになるかもしれない。韓牛入りチャパグリを日本に置き換えたらどうなるんだろう。日清焼きそばとサッポロ一番を和牛入りでとか？

しかし、よくよく考えてみると、別にペントハウスに住みたいとは思わないし、爆買いもそんなにしたいとは思わない。エコノミークラスとはおさらばできるものならしたいものだが、ＣＯＶＩＤ‐19の世界的流行のため日本に閉じ込められている現在、ＬＣＣでもかまわないから飛行機に乗って海外に行きたくてたまらない。韓牛入りチャパグリはコロナ関係なくいつでも食べたい。

もはや金持ちがどうのという話ではなくなってきたが、つまりはそういうことなのだ。そりゃあお金がたくさんあるに越したことはないけれど、「お金に困っているわけではないが、金持ちではない」という状況が、そんなに悪いものではないことをすでに私は知っている。

「ビンボー知んないからビンボー恐くないし」

岡崎京子『ハッピィ・ハウス』の終盤でマツダくんが言っていた台詞だ。

何不自由なく育てられたおぼっちゃまだからこそ言えてしまう傲慢な台詞だといまなら思うが、はじめて読んだとき、マツダくんとさほど年齢の変わらなかった私の胸にはなぜか深く刻まれた。

どんな話の流れだったかはもう忘れたが、マツダくんの台詞をそのまんま母の前で口にしたとき、なんにもわかってない子どもがなにを言ってるんだと鼻で笑われた。当然だ。私が母でもそうするだろう。十四かそこらの小娘にそんなことを言われたら、大人は鼻で笑うしかない。なんにもわかってない子どもだからこそ、たやすく無敵の気分になれるんだってことを大人は忘れてしまっているから。

二十歳で家を出たときも、マツダくんのこの台詞が頭のどこかにあった。短大を卒業したばかりで就職活動をいっさいしなかった私は仕事もなにも決まっておらず、何不自由なく暮らせていた実家を出て、お金のない生活が始まることだけはわかっていた。それがどんなものなのか知らないから、恐くはなかった。私にとってマツダくんの言葉は自由の翼のようなものだったのだ。

時給八百円の喫茶店のアルバイトで得られるお金は多いときで月十二万円、少ないときは十万円を下回ることもあった。五万円の家賃を支払ったら、ほとんど手元に残らない。つきあいはじめたのとほぼ同時にいっしょに暮らすようになった彼氏（現夫）がいなければ、半年も経たないうちに詰んでいたんじゃないかと思う。

一度ほんとにお金がなくて困ったときに、家にあったＣＤを何枚か売りに行った。THE YELLOW MONKEYの「FOUR SEASONS」初回限定盤が思いのほか高く売れたことをいまだによく覚えている。あの節はほんとうにありがとうございました、あのとき助けていただいた私です、とだからいまもイエモンには頭が上がらない。電気代とガス代が払えなくて、真夏に真っ暗な部屋の中できゃあきゃあ言いながら彼といっしょに冷たいシャワーを浴びたこともあった。当時、日雇いで働いていた彼がすぐにお金を作ってきて、ドライブがてらガス会社の営業所に料金を支払いに行ったりもした。

そういういちいちを、私たちはどこかで面白がっていた。貧乏ごっこ。大人ごっこ。電気とガスこそ止められてしまったけど、「明日食う米がない」というような切羽詰まった状況に陥ったことは一度もなかった。ごっこだから楽しんでいられた。

私たちはまだ子どもで、自分の人生に責任を持っていなかった。この先死ぬまで、うんざりするぐらいの長い年月、自分でお金を稼いで生きていかなきゃならないという想像がすこんと抜け落ちていた。


転機が訪れたのは二十六歳。小説の新人賞を受賞し、そこから私の人生（というか金遣い）が大きく変わることになる。

賞金と受賞第一作の原稿料、合わせて五十万近くがいきなりまとめて入ってきたときには、かなりの衝撃だった。当時、家業を手伝っていた私の月収の、実に三ヶ月分に相当する額である。

この出版不況のさなかに新人賞を獲ったぐらいで仕事を辞めるような小説家はいないだろうし、仮にいたとしても編集者が全力で止めるだろう。最初の担当（さ）氏にも、新人賞を獲ったぐらいで東京に出てこられても責任を取れないと思ったのか、「いまはネットがあるから名古屋でも小説の仕事はできる」とくりかえし釘を刺された。

上京こそしなかったものの、一冊目の単行本が出ると同時に私はあっさり仕事を辞めた。一冊目の原稿を書き終えてすぐ、新潮社の携帯サイトで二作目の連載がはじまり、そちらの原稿料も当時の私からすればかなりの大金だった。「えっ？　仕事辞めちゃったの?!」と担当（さ）氏は驚いていたけども、辞めるなというほうが無理な話だったのだ。

小説家として、幸先もかなりよかったほうだと思う。デビュー作は売れなかったけど（それどころか二冊目も三冊目も四冊目もえんえんずっとMUGENに）、あちこちの出版社から声がかかり、あちこちでコンスタントに連載や刊行の機会を与えてもらったおかげで、ある程度自由になるお金ができた。『グッモーエビアン！』が二度にわたって映像化され、定期的に原作使用料も入ってきた（額こそ減ったがいまだに入ってくる）。

思えば当時はひどいお金の使い方をしていた。値段も見ずに服や靴をばかすか買う――とまではいかなかったけど、身の丈よりちょっとお高めの服や靴を躊躇なく買ったりしていた。ほんの一駅の距離でもタクシーに乗り、中身をよく吟味もせずネットで本やCDやDVDを買いあさり、二十代にはいささか贅沢すぎる高級化粧品を使い、栄養過多で吹き出物をこさえたりしていた。それまで貧乏旅行ばかりで安宿一辺倒だったのに、急に高級ホテルに泊まりたがるようになった私に夫はあからさまに引いていた。調子こいて新幹線のグリーン車に乗ったりしたこともある。

お金の使い方を知らない人間がいきなり金を手にするとこうなるという見本のような浪費

ぶりだが、念のため書いておくと、私程度の売れない小説家の収入などたかが知れている。それまでが底辺だっただけのことで、ほんとにマジでたいした収入じゃないので、小説家に夢を見ないほうがいい。私がデビューしたころよりさらに状況は悪くなってるから、もしこの先、新人賞を獲ったとしても仕事はぜったいに辞めちゃだめだぞ！　どの口が言うってかんじだが、これが先輩としてできる精一杯のアドバイスだ（そうは言っても、仕事辞めたいよね……わかるよ……）。

当時、購入したものでいまも手元に残っているのは、はじめての重版記念に買ったアーロンチェアと映画が公開された記念に買ったセリーヌのラゲージ、未読のまま積んである本がいくらかあるぐらいで、あとはぜんぶ処分したんじゃないだろうか。貯金なんてほとんどせず、入ってきたら入ってきただけ使ってしまった。

なんてひどいお金の使い方をしてたんだろうと後悔する気持ちもあるけれど、一度はやっておかなきゃ気が済まなかったんじゃないかなとも思う。食べたことのないものは食べてみたいし、行ったことのないところには行ってみたい。贅沢を知らないから贅沢に憧れていただけで、その片鱗でも知ってしまえばどうってこともなかった。

いまの私は、一駅分タクシーに乗るぐらいなら歩くことを選ぶ。シーズンごとにばかすか服を買うのではなく、これという一着をよく吟味して買う。こってりした高級化粧品より軽い使い心地の韓国コスメのほうが好きだし、グリーン車はその価値が私にはわからないからもう乗らない。ブランドバッグは欲しくないといったら嘘になるけれど、加齢とともに革のバッグは重くてしんどくなってきて、いまは無印のリュックをヘビーユースしている。欲しい本があるときにはなるべく地元の書店に行き、ついでに店頭に置かれている本をじっくりと見る。それが、いまの私にとってはいちばん気持ちのいいお金の使い方だ。

先日、推しの誕生日にけっこうな額を課金したものの、結局ガチャで推しのカードが出なくてあとからめちゃくちゃ落ち込んだので、ソシャゲに課金するのはもう止めようと心に誓った。ガチャに何万も突っ込んだとか廃課金者とか、そういうエピソードを武勇伝みたいに語って面白がるフェーズはもう過ぎた。これからは課金するとしてもワンコインとかその程度で、ちょっとずつ楽しむつもりである。

改めて考えてみると、「一生お金に困らない」って、それもうじゅうぶん金持ちやんけという気がしないでもない。

年を取ったからというだけでなく、この二十年ぐらいでどんどん日本が貧しくなり、少しずつ意識が変わってきたこともあってそんなふうに感じるんだろう。平均賃金は二十年前と変わらず横ばいのままで、いまや子どもの貧困は七人に一人の割合にのぼる。親から負の遺産を背負わされることもなさそうだし（生き別れの実父がかなりやばそうではあるが）、夫も元気に働いていて、私はかなり恵まれているほうなんじゃないだろうか。

お金に困っていないというただそれだけで、だれかから不当になにかをかすめ取っているような気になることさえある。地域の子どもセンターや貧困家庭、コロナで困窮する人のためにせっせと寄付をしているのは、善意からというより罪悪感にかられてのことだ。ほんのわずかな額だけれど、なにもしないよりはましだと思って。経済的な余裕があるいまのうちにしかできないから。国の福祉がちゃんと機能していれば、こんな罪悪感を抱くこともないだろうにと思いつつ。

明日は我が身というけれど、出版不況もいよいよやばいことになっていて、連載媒体はどんどんなくなっているし、初版部数はしぼられる一方で、この先、小説家としてある程度の収入を得続けるのは難しいだろうなと思っているところだ。一部の売れっ子を除き、私レベルの小説家では、あと十年いや五年もてばいいところなんじゃないだろうか。コロナでの直接的な影響はいまのところないけれど、長い目で見たら決して楽観できる状況ではない。

「あなたには夫がいるからいいでしょ」

と何度か人から言われたことがある。いざとなったら夫に頼れるからいいじゃないか、と。たしかに夫の存在はある程度の安心を与えてくれるものかもしれない。だけど、いつなにが起こるかわからないし、自分一人が食うぐらいならなんとでもなるが、いざというときに夫を養えるだけの甲斐性は私にはない。そのことを考えると、ぐうっと胃が重くなる。

現在、大ヒット中の韓国ドラマ『愛の不時着』の主人公セリは、財閥令嬢で会社経営に敏腕を奮う超セレブという設定だが、相手の男性リ・ジョンヒョクが武力でセリを守ろうとするのに対し、唸るような財力で愛する人たちを守ろうとするセリの姿が見ていてとにかく痛快だった。

金は力だ。いとしいだれかの体を温め、腹を満たし、危険から守ってやることも自由を与えてやることも夢をかなえてやることだってできる。「愛があればお金なんかいらない」じゃなくて、「愛があるからお金がいる」のだ。

小説家を続けているかぎり引っくりかえっても無理そうだけど、金持ちになれるものならやっぱりなりたいと私は思う。自分のためでなく、愛する人のために。いまじゃすっかりビンボーを恐れる大人になってしまったから。

両目を￥マークに変えて今日も私はキーボードをたたく。この小説が売れに売れ、日本で映画化されるだけでなくハリウッドリメイクまでされて世界的なベストセラーになりますように。イエス、メイクマネー！

失われた夏を求めて

「サマーヌードみたいな夏を過ごしたい」

雨宮まみさんがTwitterでつぶやいていた言葉だ。「サマーヌードみたいな夏」でTwitter検索をかけると上位に出てくる。二〇一二年から二〇一四年まで三年連続でまみさんはその旨をつぶやいている。どんだけ待ちわびてたんだよ、サマーヌードみたいな夏。わかるけどさ。なんなら私はいまだに待ちわびてるけど。

まみさんのそのツイートを目にしたとき、私はほんとうに驚いた。私以外にもそんなことを考えている人がいたんだという驚きと、夏がくるたびに妙にそわそわと肌の表面をくすぐっていくあの期待感をこんなにも端的に表現する言葉があったなんてという驚き。まみさんの〝ヒット作〟といえば「こじらせ女子」になるのかもしれないけど、「サマーヌードみたいな夏」は知る人ぞ知る名作のように、いまも私の右腕に刻まれている(※イメージです)。

いまさら説明するまでもないかもしれないが、「サマーヌード」は一九九五年にリリースされた真心ブラザーズのシングル曲である。熱心な真心ブラザーズのファンというわけではないけれど、桜井秀俊《さくらいひでとし》はなんてロマンティックでセンチメンタルな曲を書く人なんだろうという印象が当時からあった。そこへ、夏のきらめきの断片を高速スライドショーで見せつけるような歌詞を載っけてきたのだからたまらない。甘くキャッチーで、目もくらむような最高の夏を疑似体験させる、まさにキラーチューンと呼ぶにふさわしい一曲だ。発売時はそこまでヒットしなかった覚えがあるのだが、オリジナルから二年後の一九九七年にジャニオタ的にはおなじみの編曲家CHOKKAKUさんのプロデュースで「ENDLESS SUMMER NUDE」として再リリースされ、いつのまにか夏の定番ソング入りを果たし、二〇一三年には山P主演でドラマ化までされた。

本稿を書くにあたって、改めて聞き比べてみた。洗練された「ENDLESS SUMMER NUDE」も、山Pがカバーした「SUMMER NUDE '13」のけだるさも、それぞれちがった良さがあるにはあるんだけれど、やはりオリジナル版のどうかしちゃってるようなアレンジが個人的にはぐっとくる。駆け出してもつれあって砂浜に足を取られそのまま転がっていく――刹那の夏のイメージが強烈に喚起され、太陽に焼かれた砂浜や触れあった肌の熱さまで伝わってきそうだ。倉持陽一《くらもちよういち》のそっけなく突き放すような歌声が、これまたせつなく胸を掻きむしる。

はて、そんなら「サマーヌードみたいな夏」とは具体的にはいったいどんなものなんだろう？

山P主演の例のドラマを、実は私はかなり楽しみにしていたのだけど、いざ放送がはじまってみたら〝これじゃない〟感がすさまじかった。あれと比べたら、反町隆史と竹野内豊が主演した一九九七年のテレビドラマ『ビーチボーイズ』のほうがずっとサマーヌードっぽい気がする（※あくまで個人の感想です）。

オリジナル版「サマーヌード」のMVにはデビュー前のPUFFYの二人が出演している。波打ち際ではしゃぐ男女四人というのはいかにもサマーヌードなシチュエーションだけど、あのMVをサマーヌードたらしめてるのはまぎれもなくPUFFYの二人である。キラキラした夏の光の中で手をつなぎながら海を蹴り飛ばす二人の女の子（しかも、これから何者かになるまだ何者でもない女の子たちだとすでに私は知っている）なんて、めっちゃサマーヌードじゃないですか！　この際、真心の二人は映さなくていいからPUFFYをもっとくださいー！　――ってそれ「渚にまつわるエトセトラ」じゃーん！とはたと気づいて「渚にまつわるエトセトラ」のMVを観てみたら、「サマーヌード」のMVよりもずっとサマーヌードしていた。

……だんだん「俺の思う最強のサマーヌード」みたいなことになってきたが、だれの心の中にもそれぞれのサマーヌードがあるんじゃないだろうか。思えば私は、「サマーヌード」という曲がこの世に誕生する以前から、「サマーヌードみたいな夏」を追い求めていた気がする。

わずか一週間で死んでしまう蟬。昼にはしぼんでしまう朝顔。打ち上げ花火と線香花火。寄せては返す波。砂の城。ひと夏の恋。ひと夏の冒険。夏祭りで買ってきた金魚もひよこも短命だし、ヨーヨーはすぐにしぼむか割れるかしてしまう。綿あめもかき氷もあわく儚い。ぱっと咲いてぱっと散る。刹那的で一回性。夏にはそんなイメージがつきまとう。

だからなのかはわからないけれど、いまも昔も青春映画といえば夏を舞台に描かれることが多い（青〝春〟なのに）。『スタンド・バイ・ミー』『ウォーターボーイズ』『リンダ リンダ リンダ』『台風クラブ』『悲しみよこんにちは』『藍色夏恋《あいいろなつこい》』、アニメのほうの『時をかける少女』。ぱっと思いついただけでもこのとおりだ。最近では『ちはやふる』や『君の名前で僕を呼んで』なども、作中でいくつかの季節が描かれていたにもかかわらず、なぜか夏の映画だという印象が残っている。

それから、なんといっても忘れちゃいけないのが『海がきこえる』である。多感な時期にこの作品に出会ったことで、私の中でなにかが決定づけられてしまった気がしてならない。

夏のはじまりの土曜の夕方だったと思う。学校から帰ってきて居間のソファでだらだらしていたところに、つけっぱなしにしていたテレビで『海がきこえる』が始まった。え、なにこれ、とびっくりして観入っているうちに一時間半が経っていた。灯りもつけずに観ていたから、夕方の薄暗くなりはじめた室内と、画面を流れていく鮮やかな夏の景色とのコントラストがよけいに強烈だった。

——とまあこのように、幼いころから夏というのは特別な季節だと刷り込まれて育ってきた私（やあなた）が、サマーヌードゾンビになってしまうのも無理からぬことではないだろうか。

ほんとは夏なんて好きでもなんでもないのに夏がやってくると妙にそわそわし、夏の終わりが近づいてくると「今年もなにも起こらない夏だった」とがっかりする——そんなことをくりかえしているうちに、気づいたら青春時代はとうにすぎ、朱夏まっさかりの四十二歳になっていた。

いま私が夏の思い出としてすぐに取り出せるものといえば、好きな男の子と海辺ではしゃいだり、遊園地のお化け屋敷でキャーキャー言ったり、浴衣を着て花火大会に行ったりとめっちゃサマーヌードな記憶があるけれど、よくよく考えたらそれぜんぶゲーム（※ときメモGS）の中でのことだった……。

名古屋では八月の最後の週末に、「にっぽんど真ん中祭り」（通称「どまつり」）なるイベントが開催される。日本全国、世界各地から集まった四十人以上からなるチームが、名古屋の中心街に作られた特設野外ステージでダンスを披露するコンテスト形式のダンスパーティーである。その週末は、揃いのコスチュームに身を包んだ人々が街にあふれかえり、夏祭り

meets ハロウィンのような様相を呈することでもおなじみだ。

いつだったか、このイベントを「でらプロム」と知人が呼んでいたことがあったけれど、言い得て妙だなと感心してしまった。私のような文化系おばさんからしてみたら、街をあげてスクールカースト上位者たちによる大規模なプロムが開催されているようなものなのである。

いい年していまだにスクールカーストに囚われているのもどうかと思うけど、この時期はなるべく中心街には近づかないようにしている。「どまつり」勢のヴァイブスを浴びるのが恐ろしくてたまらないからだ。

想像してみてほしい。地元で四十人以上のメンバーを集め、一ステージのダンスを仕上げる大変さを。スケジュールを合わせるのにも練習場所の確保にも苦労するだろう。四十人をひとつにまとめあげてダンスを完成させるのに、どれだけの時間と労力を要するだろう。衣装のデザインはどうするのか、材料の買い出しは？　一人一人に材料費を徴収してまわるの？　っていうかそれだれが縫うんですかね⁉︎等々、想像しただけでうんざりする。わざわざそんなめんどうなことをするぐらいなら、エアコンの効いた家で配信の海外ドラマでも観ていたい。

それでも彼らは、そのめんどうなことに手を伸ばした。その時点で〝勝ち〟は約束されたも同然である。「どまつり」勢には最高の夏をみずから摑み取りにいくエネルギーがみなぎっている。仲間たちと夜の公民館に集まってダンスの練習をし、夜を徹して衣装を縫いあげ、チーム内でいくつかの恋が生まれたり散ったりなんかして、すでに充実した夏を過ごしてきたのであろう彼らは、夏の覇者だった。

「サマーヌードみたいな夏」などこれっぽっちも意識していない人ほど、「サマーヌードみたいな夏」に近づけるなんて皮肉な話である。自意識とか羞恥心とかそういうものから自由でいられる人ほど、はしゃぎすぎてる夏の子どもになれる才能があるのだろう。

ため息が出る。ついぞ私が手にすることのなかったものに、ためらいなく手を伸ばせるその屈託のなさに。長年「サマーヌードみたいな夏」に焦がれながら、自分からは手を伸ばそうともしなかった己の不甲斐なさに。

彼らのヴァイブスは私にはまぶしすぎて、夏そのものというかんじがする。近寄るとあてられてしまう。だから、なるべく近寄らないようにする。

昨今の猛暑ではちょっと油断すると命の危険があるので、夏だからといってそうお気楽にはしゃいではいられなくなった。くわえて今年はコロナの影響で、胸と胸からまる指ダメ絶対だし、一晩かぎりのゆきずりの恋も花火大会も夏祭りもすべて自粛ムードである。甲子園は中止となり、運動系文化系問わずさまざまな部活動にも影響が出ているようだ。

甘酸っぱい青春のメモリーが満たされないまま若者たちの夏が終わろうとしている。私が

「サマーヌードみたいな夏」を過ごせないのは100％私が私であるせいだけど、彼らの夏が奪われたのは彼らのせいではない。そのことを思うと中年の情緒が爆発しそうになるが、それはそれでなに勝手に他人の「失われた夏」にタダ乗りしてセンチメンタル消費してんだよ、という難儀な潔癖さも持ち合わせているから自分でも始末に負えない。

これを書いているいままさに、「どまつり」がオンラインで開催されていたので、どんなものかとニコニコ動画を開いてみたら、ちょうど平均年齢六十九歳の「ＺＡＣ」の映像が流れ出したところであった（なんて書くと仕込みのように思われるかもしれないけど、ほんとにドンピシャのタイミングだったんだってば！）。

「飛べない！　まわれない！　しゃがめない！　一度しゃがんだら二度と立ち上がれない！ぱっと見たらお嬢さま、よくよく見たらおばあさま、かわいく見えちゃってごめんなさい」

最高かよー！な口上をバックに、揃いのピンク色の着物を着た白秋の乙女たちがしゃなりしゃなりと踊っている姿は、この夏いちばんのサマーヌードだった。

そうだ。最高の夏に年齢制限なんてないし、私たちは夏を奪われてもいない。いつだってそれはみずから摑み取りにいくものだ。

もしかしたら私にも「サマーヌードみたいな夏」を過ごすチャンスはまだ残ってるんじゃないか――なんて性懲りもなく考えている、残暑厳しい八月の終わりである。

夢にみるほど

旅がしたい。

安西先生、旅がしたいです……。

自分が十代だったころのジャンプ漫画からの引用は二度とするまいと思っているにもかかわらず、ついついつい『スラムダンク』の名セリフを引用してしまうぐらいに旅がしたい。その後も次々とヒット作があらわれ、一世を風靡した『鬼滅の刃』でさえすでに連載終了したというのになんで私はいまだに三十年前のジャンプ漫画を引用してしまうのか、しかしそんなことはどうでもいいから旅がしたい。

最近、旅っぽい夢をよくみる。搭乗時間をとっくに過ぎてるのに汗だくで空港に向かっていたり、しかもその途中でパスポートを忘れていることに気づいたり、パリのような香港のようなマラケシュのような不思議な異国の地でその日の宿を探していたり、ひどいときにはいま暮らしている街とさほど変わらない場所を旅と称して歩いていたりすることもある。結局のところなんでもいいんだなと思う。旅してる気分にさえなれればそれで。そもそも夢をみるという行為自体が旅のようなものだし。

GoToトラベルだなんだと夏休み前から日本中が大騒ぎしているけれど、コロナウイルス感染者がいまだに増減をくりかえしている最中に、さすがに大手を振って旅する気にはなれず、ひたすらずっと家にいる。この半年間で市内を出たのはたったの一度だけ、車で三河のほうに義父の納骨に行ったぐらいだ。

国内旅行も嫌いじゃないけれど、やっぱり海外を旅するのとでは達成感や解放感がぜんぜんちがう。通貨も言語も文化もルールもなにもかもが異なる場所で、戸惑ったりもたついたり不安をおぼえたりするのが私は好きだ。ふだん、あたりまえのように自分を取り囲んでいるさまざまなものから自由になれる気がする。日本にいるときは、レジや改札前でもたつくおばさんにはなりたくないと死ぬほど気を張っているのに、おかしな話だとも思うんだけど。

はじめての海外旅行はトルコだった。ちょうど二十年前に、高山なおみさんのレシピ本に出会ったのと同じコンビニでトルコのガイドブックに出会ったのがきっかけだ。カッパドキアの風景が表紙に使われていて、波のようにうねうねとした奇妙な岩の質感に一目で釘付けになった（それにしても、あのコンビニの選書はだれがしていたんだろう。ふつうのコンビニにはなかなか置いていないようなラインナップ。個人経営のお店だったのかしらん）。

さて、ここで再び自分が若者だったころの話を持ち出すクソ中年しぐさをするのだが、90

年代後半、ロスジェネ世代の我らにとって憧れの旅のスタイルと言えばバックパッカーであった。沢木耕太郎の『深夜特急』が大沢たかお主演でドキュメンタリードラマ化されたのが90年代後半、ちょうどそこへ猿岩石ブームやフリーターブームが重なり、それからちょっと遅れて『あいのり』が始まった。

バブル崩壊後の日本を生きる若者たちにとって、バックパッカーという旅のスタイルはたまらなく自由で魅力的なものに映ったのだろう。まだ日本がかろうじて豊かだったころの残滓をぺろぺろ舐めながら、非正規雇用バッチコーイ!とばかりにバックパックを背負って何ヶ月にも及ぶ放浪の旅に出る若者が周囲にもちらほらいた。いかにお金をかけずに世界中を旅してまわったか、いかにたくさんの国に行ったことがあるか、いかにだれも行かないようなマニアックな土地に行ったかとマウントを取り合うような、いまから思えばなんともおめでたい時代であった。

個人的には、角田光代さんや中山可穂さんのバックパッカーものの小説や紀行エッセイの影響も大きかった。だからもし自分が海外を旅するなら、当然バックパック旅行であると思い込んでいたようなところがある。

が、しかし。

私たちには金もなかったが、時間もなかったのである。もっと言えば根性もなければ語学力もなく、経験も知識も乏しかった。

当時、私も夫もフリーターをしていたが、そうは言っても自分がシフトを抜けたら店がまわっていかないのでそうそう長期休暇など取れるはずもなく、旅行に行っているあいだも家賃は発生するし帰ってきてからの生活だってある。そのうえ二人とも初の海外旅行、いきなりハードなバックパック旅行はさすがに無理ではないかと日和り、なんとも中途半端な旅をすることとなった。いちおうでっかいリュックを背負ってはいたものの、アガサ・クリスティの定宿に泊まり、オリエント急行に乗りたいという希望を優先したため、時間のロスも多くコスパの悪い旅となってしまった。

三週間かけてヨーロッパを旅したときはユーレイルパスだけ持って現地でその日の宿を調達するバックパック旅行ではあったが、昼間からシチリアの海辺のレストランで生牡蠣とウニを食いながらワインを飲んだりするような贅沢をしていた。お金に余裕があるなら必要以上にケチケチすることもないといまでこそ思うが、当時は「清貧こそ旅の美徳」とどこかで思っていたところがあり、目先の快楽に溺れた自分を恥じたりしていた。

タイに行ったときなどは、〝バックパッカーの聖地〟カオサンロードの安宿（冷房付きダブルで一泊二千円）に泊まった翌日に高級ホテルのジュニアスイート（ウェルカムフルーツ付きキングで一泊二万円）に泊まったりしていた。いったいおまえはなにがしたいのかと二十代の自分を呼び出して小一時間ほど問い詰めたい。

その後、雑誌のアンケートで角田さんが「もうバックパッカーはやめました」と書いていたのを読んで、すっかり憑き物が落ちた。「もっと早く言ってよ！」と逆恨みしそうにまでなった。

どんだけ人に影響されやすいんだというかんじだが、そもそもバックパッカーに対する憧れ自体、一時のブームに乗せられたふわふわしたものだったのだからしょうがない。バブル以降、「海外でブランド品を買いあさるアーパー日本人」に対する批判（中でもとりわけ若い女性に対するものが多かった）をあちこちで見聞きするようになり、あんなふうにだけはなりたくない、私は私だけの旅のスタイルを確立してみせる！と気負うあまり、お金がなくても可能で、なんとなく個性的なかんじのするちょうどいい旅のスタイルとして、バックパッカーに飛びついたまでのことだった。


それから私の旅がどのように変わったかといえば、周遊型ではなく一都市滞在型となり、チケットはそのときいちばん便利で安いものを買い、ホテルはハイ過ぎずロー過ぎないちょうどいい価格帯でなにはおいても立地優先で選ぶようになった。映画祭開催中のリヨンで宿が取れずにひどい目に遭ったことがあるので、以来現地調達スタイルはいっさい止めた。

リゾートよりも都会が好きで、観光スポットに行くこともあるけれどどちらかというと街歩きのほうが好きなのは以前と変わっていない。一時期、あんなにも忌み嫌っていた「海外でブランド品を買いあさるアーパー日本人」のように爆買いに走ったこともあった（両手いっぱいにショッパーをぶら下げていたらパリジェンヌに指を差して笑われた）が、そんな季節もとうにすぎ、いまや iPhone の奴隷状態である。iPhone の登場は我々のライフスタイルを大きく変えたが、旅のスタイルまでがらりと変えてしまった。

あらかじめ行きたい場所をピックアップし、Google マップに印をつけておけば交通手段もわかりやすく示されるので最短距離で効率よくまわれるようになった。私の体感では、丸腰で街歩きをしていたときよりも、一日にできることが二、三アクションほど増えたんじゃないだろうか。

しかし、予定ギチギチの詰め込み型の旅行はそれはそれで疲れるものである。iPhone に操られ、iPhone の示すとおりに順繰りにまわって、「済」のスタンプを捺してるだけのような旅。お目当ての場所にたどり着けた達成感は得られるものの、作業ゲーのような虚しさを感じることもないではない。自由になるために海外まできてるのに、iPhone の奴隷と化してるなんてどういうこっちゃと自分に呆れもする。

はじめてトルコに行ったときは、夜行列車の発車時刻までイスタンブールのガラタ橋のたもとに座り込んで何時間も道行く人を眺めていたりした。それでなんにも退屈なんかしなかった。はじめての異国にびりびりと興奮し、全力でその刺激を享受しようとしていた。あまりにもピュアすぎて危ない目に遭ったりもしたが、あんなときめきに満ちた旅をすることはもう二度とないんだろうと思うとさびしくもある。

しかし、である。

iPhoneの奴隷と化してから、うまい飯にたどり着ける率が飛躍的にあがったことだけは付け加えておきたい。

ガラケー時代の香港と、iPhone導入後の香港とでは天と地ほどの差があった。

ガラケー時代のパリと、iPhone導入後のパリとでは天と地ほどの差があった。

ガラケー時代のバルセロナと（以下略）。

バックパッカーに憧れがあったころは、ガイドブックに掲載されているレストランになど意地でも入らないようにしていた。自分の足で見つけた地元民しか行かないような食堂で本場の味を楽しんでこそ、という思いがどこかにあった。

だが、自分が暮らしている町ですら、あてずっぽうでおいしい飲食店を見つけるのは至難の業だというのに、はじめて行った異国の地でそんな偉業がやすやすと達成できるわけがないことぐらい、ちょっと考えればわかりそうなものである。観光客に人気の店は、おうおうにして地元民にも人気があったりするものだ。パリや香港は現地でてきとうに入った店でもじゅうぶん満足できるぐらい基本的にレベルが高いのだけれど、事前に下調べしてから行くとネクストステージが控えているということも付け加えておく。

もちろんガイドブックを頼りにしているだけだと、当たり障りのない万人受けするような味にしか出会えなかったりもするのだが、よほどのくいしん坊！万才（またの名をフードサイコパス）でないかぎり、はじめて行った海外の街で食事するなら当たり障りのない万人受けするような味でじゅうぶんではないだろうか。冒険するなら何度か同じ場所をリピートしてからでも遅くはない。

なんちゃってバックパッカーだろうとiPhoneの奴隷だろうと、どんな形の旅だろうと、私にしかできない私だけのものだといまとなっては思う。中途半端でしみったれててドラマティックでもなければ美しいとも言いがたい旅ばかり。それでも私にとっては一つ一つがかけがえのない旅の一ページだ——なんて、コロナで海外に行けないから余計にそんな思いがつのっているのかもしれないけれど。

次にソウルに行けるのはいつだろう。今日も私は夢みるような気持ちでiPhoneの地図の中に印をつけている。

子ども、お断り

「躾《しつけ》のできていないお子さまの入店お断り」

去年、旅先で古書店のおもてに貼り紙がしてあるのを見つけた。

事前に旅先のよさげなお店を下調べし、Google マップに印をつけておくことは前回に書いたとおりだが、そのうちの一軒目だった。

子連れだったわけでもないのに、ばちんと鼻先で扉を閉められたようなかんじがして古書店には入らなかった。その後も雑貨屋や古道具屋など Google マップが示すとおりに順にまわり、ちょこちょこ買い物したりなんかして散策を楽しんだけれど、思いがけない暴力に遭遇してしまったみたいにしばらくショックが尾を引いた。子育ての真っ最中である友人や編集者の顔が次々に浮かんで、憤りと悲しみが静かに湧き起こった。私なんかよりよっぽどあの古書店の良い客になりそうな、本好きの女性たちの顔ばかり。

そうかといって、貼り紙せずにいられない店主の気持ちもわからなくもないのだ。おそらく手の付けられないような暴れん坊の子どもに店の中を引っかきまわされた経験が何度もあるんだろう。それでなくとも傷みやすい古書を扱う店である。汚れた手で商品をべたべた触られたり、雑に扱われでもしたら堪ったものではないだろう。

ちょっと前に、ある飲食店と有名人が入店させるさせないでトラブルになっていたけれど、法律的には店と客はあくまで対等な契約関係であり、店側が入店を拒否するのであれば客は従うしかないのだという。子連れでレストランに行ったら入店を断られたという話を周囲で何度か聞いたことがあるが、ある程度の線引きは仕方のないことだとも思う。大人だけに許されたラグジュアリーで落ち着いた空間を守ることは、それはそれで大切なことなんじゃないだろうか。

以上のことを踏まえたとしても、「躾」などという強い言葉を使ってまで客を選別する必要なんてないんじゃないかとどうしても思ってしまう。躾ができている／できていないの判断なんていったいだれができるというんだろう。子どもが暴れるのは子どもだからだ。その子自身の気質だってあるだろうし、それを躾という言葉で片づけてしまう雑さにびりびりするような反発をおぼえずにはいられない。「最近はろくに躾もできない若い親が増えている」なんて言う人もいるが、そんなことを平然と口にできるあなたのほうこそろくな躾がされてないんじゃないですかと言いたくなってしまう（したがって、これを書いている私も当然ろくな躾がされていない）。

なにより愕然とするのは、これまでその手の貼り紙を見たところで無関心にスルーしていた自分自身に、である。不妊治療をしていなければ、いまも無関心のままでいたかもしれないと思うとぞっとする。

不妊治療中は、外で食事をするたびに、このお店は座敷席があるから乳幼児でもいけそうだ、あのお店のあのコーナーはベビーカーでも入れそうだ、あのお店は少々格式が高いので入店を断られるかもしれない……といった視点でお店を見るようになっていた。小さな子どもを連れての外食は落ち着かないし、ほかの客や店の人にも気を遣うからと忌避する人も多いと聞くが、まだ着床してもいなかった私は、これまでどおりのペースは無理にしても月に一度ぐらいは外食する気まんまんだったのだ。

最近では、妊婦や子連れの母親に対する目を疑うような嫌がらせの事例をSNSなどで目にすることが増えた。以来できるだけベビーカーを優先し、なるべく子連れにやさしく接するよう心がけている。心ない人から受けた嫌がらせがそれで吹っ飛ぶわけじゃないだろうが、敵ばかりではないということを少しでも示せたら、と思って。「あら、かわいい子ね〜」と気のいいおばさんのようにはまだなかなか振るまえないのだけど。

が、しかし。

先日、近所のおにぎり屋で行列に並んでいたときのことである。私のすぐ後ろに並んだ女性が小さな子どもを二人連れていた。一人はまだ赤ちゃんで、抱っこ紐というのか赤ちゃんホルダーみたいなもので母親の胸にぶら下がっており、もう一人の三歳ぐらいの男の子はマスクもせず野放しになっていた。その子どもがソーシャルディスタンスなど知ったことかとばかりに、大きな声でなにごとかわめきながら私のすぐ後ろにぴったりとつけてくるのである。

うっ、と思って距離を取ると、すかさず距離を詰めてくる。その攻防戦を二、三度くりかえしてから母親のほうを見ると、下の子に気を取られてこちらのほうなど見てもいない。へたに注意なんかして、「子連れに厳しいコロナ神経質おばさん」と思われてもいやだし……などと逡巡しているうちに順番がまわってきてその場を逃れたのだが、あのときはほんとうに参ってしまった。

正直に告白すると、友人たちとの集まりに子連れでやってこられると、「あーあ」と思っていた時期が私にもあった。いまだって「いいよ、いいよ、連れてきなよ」と口では言いながら、どこかでまだるっこさを感じずにはいられないでいる。

そのくせ過去に何度か、子連れＯＫのイベントをみずから開いたりもしてるんだから、自分でも無茶苦茶だなと思う。思うんだけど、子連れだろうとなんだろうとどこへだって自由に行ったってええやないか！という気持ちと、友人と水入らずで気兼ねなく楽しみたいという気持ちは矛盾することなく私の中に同居している。

いまから十年ほど前、高校の同級生の集まりに誘われて、名古屋市内からわざわざ電車に乗って地元までランチをしに行ったことがある。

見渡すかぎり田畑の広がる中にぽつんと建てられたビストロに集まったのは女ばかり八人。うち五人はすでに出産しており、その時点で未婚なのは私だけであった。我が地元はバリバリのヤンキー文化圏。みんな結婚も出産も家を買うのも早い。

それぞれ夫や実家に子どもを預けて出てきていたが、一人だけ小さな男の子を連れて参加していた友人がいた。ここでは仮にAちゃんと呼ぶ。彼女とは中学もいっしょだったから、そこから目と鼻の先に実家があることは知っていた。実家も嫁ぎ先も自営業で、夫は家業を継いでいる。なのに、どうしてだれにも預けられなかったのかとぎょっとしたことをよく覚えている。Aちゃんはセリーヌのカバをママバッグにしていて、「カバをママバッグにできる人生……！」とひそかに羨んだことも付け加えておかねばなるまい。

そのビストロは変わり者の店主が趣味まるだしで拵えたらしく、立地も建物の造りも少々風変りな店だった。大人八人と子ども一人入るとぎゅうぎゅうになってしまうスペースで身を縮めて食事をし、デザートとコーヒーに差しかかったところで、Aちゃんの息子が焦れてきたように狭い部屋の中をうろちょろしはじめた。あ、いやな予感がする……とフォースで感じ取ったのもつかの間、Aちゃんの息子が戸棚に飾ってあったブリキのおもちゃを乱暴にぶん回しはじめた。

「だめだよー」「やめなさい」

最初のうちはやんわり叱っていたAちゃんだったが、なにかのはずみで急にスイッチが入ったのか、突然小さな息子の体をつかんで大声でわめきちらした。

「だめだって言ったじゃない！　なんで言うこと聞かないの！　どうしてママの言うこと聞かないの！」

耳を塞ぎたくなるような痛々しい叫び声だった。そのうちAちゃんは顔を真っ赤にして泣き出してしまった。泣きながら、執拗に息子を責め続けていた。

そこへ、騒ぎを察知した店主がやってきて、床に放り出されていたブリキのおもちゃを拾いあげた。

「ぼくがこれ、やったの？」

と静かな声でAちゃんの息子に訊ね、息子が素直にうなずくと、「これ、お兄ちゃんの大事なものだから、乱暴にされるとお兄ちゃんがかなしいな。謝ってくれる？」と店主は言った。すかさずAちゃんが「謝りなさいっ！」と突っつき、「もうしないでね」と店主は言って、息子の頭をぽんぽんとやさしく叩いた。

ちょっと踏み込みすぎじゃないか、と傍でそれを見ていた私は思った。店主が去ったあと、恥ずかしくていたたまれなくなったようにAちゃんがわっと泣き伏したので、余計にそう思ったのかもしれない。Aちゃんが息子を叱りつけているあいだ、残りの七人はだれ一人として手出しできずに傍観しているしかなかったのに、出過ぎた真似してくれるじゃんと面白くない気持ちもあった。

「いやあ、いいもん見せてもらったよ」

だれかがAちゃんをフォローしようとしてそんなことを言い出し、

「うん、Aちゃんはちゃんと子どもと向き合ってる」

「偉いね。私はそんなふうにはできない」

「うんうん、立派だよ」

あたりさわりのない言葉でみんなあとに続いた。

せっかくひさしぶりに集まったのだから気まずい空気を払拭したかったのだろう。Aちゃんをこのまま帰しちゃいけないというやさしい気遣いから口にしたことだったのだろう。いまならみんなの気持ちも理解できるが、「えっ、そんなかんじで片づけちゃっていいの?!」と子どものいない私は啞然とし、なんの言葉も継げなかった。

小さな同窓会がお開きになるころには、Aちゃんの持っていたカバがまったく別の意味合いをもって映るようになっていた。

あのとき、Aちゃんになんと声をかけてあげればよかったのか、この十年のあいだ折に触れ考えてはいるのだが、答えは出ないままである。

「友人　育児疲れ　かける言葉」

と検索をかけたところでGoogleは正解を教えてはくれない。

正解なんてない、ということだけ、かろうじてわかっている状態だ。

だけど、もしいま同じことが目の前で起こったら、自分からなにか発するのではなく、まずはAちゃんの話を聞いてあげたいと思う。甘い香りのあったかいお茶でも飲ませて、なにか愚痴でもあるなら聞くよとやさしく肩を叩いてあげる。そんなことぐらいしかできないけれど、そんなことをしてくれる相手もいなかったからこそ、あそこまでAちゃんは追い詰められていたんじゃないだろうか。当時はまだみんな若く、それぞれ自分のことに精一杯で、Aちゃんを気遣ってやれるほど成熟もしていなければ余裕もなかったのだ。

あの日、ビストロ店主がAちゃんの息子にしたように、おにぎり屋で遭遇したあの男の子に私も直接お願いすればよかったのかもしれない。

なにをあんなに迷うことがあっただろう。あのね、おばさんコロナかもしれないし、あなたもコロナかもしれない、どちらかがどちらかにうつしたら大変なことになるよ、だからじゅうぶんな距離を取ろうね、と気のいいおばさんのように言ってやるだけでよかったのだ。踏み込みすぎと思われても、変わり者のおばさんと思われても、別にかまいやしないじゃないか。

次からは、きっとそうしよう。

持続可能な友情

幼稚園で一回、小学校で三回、中学校で一回、合わせて五回、転校している。

そのせいなのかはわからないけれど、友人関係というものは定期的にリセットできるものだと思っているようなところがある——なんて書いたらぎょっとされてしまいそうだが、まあちょっと聞いてほしい。

私が生まれ育ったのは浜松市の郊外にある祖父母の家で、同じ集落にはみほちゃんとありちゃんという女の子がいた。二人とは通っていた幼稚園も同じで、いつもくっついて遊んでいた。顔はぼんやりとしか思い出せないけれど、名前だけははっきりとおぼえている。

両親が浜松市の中心部にマンションを買って幼稚園を転園することになり、その二年後には親の離婚で名古屋に移り住んだ。岐阜の田舎から名古屋に出てきた叔母二人と母と私と妹（ま）の女ばかり五人の生活が始まったが、それもわずか一年半で終わりを迎える。母に男ができたからである。その人といっしょに暮らすため、私が小学校三年生にあがるときに隣町へひょいと飛び移るような転校をし、私が小学校五年生にあがるタイミングで再婚することになったので、姓が変わったのをきっかけにまたさらに隣町へ転校することになった。

あるとき、前の学校の友人たちがサプライズで新しい家に押しかけてきたことがあった。表札の名前がちがうことに気づいた友人たちは、「なんで？」と私に訊ねた。「えっ？」と私はしらばっくれた。子ども部屋に押し入ってきた友人たちは小学校の名札がついた上着をめざとく見つけ、「やっぱり名前変わってるじゃん！　なんで？　親が再婚したの？」と追及の手を緩めなかった。「あれえ？　なんでだろう、気づかなかった、おかしいなあ」と私はアホの子のふりをしてみせたが、そんなへたくそな嘘が通用するはずもなく、なんとなく白けたかんじになって友人たちは自転車で隣町に帰っていった。

どうしてあんなに必死になって隠さなければいけなかったんだろう。あのときのことを思い出すといまも喉のあたりがきゅっと締めつけられる。

当時はまだ離婚を恥だとみなす社会通念が幅をきかせていたのか、だれにも言っちゃだめだと母からも強く言い聞かされていたし、周囲でも親が離婚・再婚したなんて話は聞いたことがなかった。しかも、姓が変わるたびに転校させられていたのである。「親の離婚・再婚を他人に知られることは即ち死を意味する」と幼い子どもが強く思い込まされてしまっても無理はないだろう。クラス名簿の保護者の欄に女性の名前が書かれていると、「片親」だと後ろ指をさされるような空気さえ当時はあった。養父の名前はぱっと見、女性のように見えなくもないので、せっかく再婚したのにこれでは「片親」だと思われてしまうじゃないか、なんて苦々しく思っていたりもした。

親だって人間だし、離婚でも再婚でも好きにすればいいと思う。そのことで母を恨んだことは子どものころから現在にいたるまで一度もない。

しかし、それはそれとしてやっぱり転校続きの思春期はつらかったので、せめてネタにすることぐらいは許してほしい。あれから三十年を経てこんな形で暴露することになって母には申し訳ないが、これで貸し借りなしってことで。


最後の転校は中学二年生にあがるときだった。郊外の町に家を買ったので、転校することになったのだ。

よりによって中二である。多感も多感、センシティブの絶頂期である。このときはほんとうにつらくて、しばらくのあいだ毎晩のように泣き暮らしていた。

引っ越し前日、両親はまだ幼かった妹（ゆ）だけ連れて、一足先に新居に泊まるということだったので、残された私と妹（ま）は友人たちを家に連れ込んでさよならパーティーを開催した。そう、アメリカの学園ものの映画やドラマなんかでよく見るあれである。クラスメイトのだれかの家にみんなで押しかけて酒を飲みながらどんちゃん騒ぎするあれ――『ブックスマート　卒業前夜のパーティーデビュー』を、三十年前にすでにやらかしていたのである。

離婚した夫婦やその子どもたちには厳しい時代だったが、その一方でニキビ面の中学生のグループが夜中のコンビニに押しかけて大量の酒を買ってもだれにも見咎められない大らかな（？）時代だった。どう考えても逆だろ逆！と全力でツッコミたくなるが、それはいまの時代の価値観の中で生きているから言えることなんだとも思う。

そのときにいたメンバーの一人とはその後も細々と文通を続けていた。某有名女性起業家と同姓同名なので、彼女の名前は忘れようにも忘れられない。色黒で目鼻立ちのはっきりしたきれいな女の子で、いつもリカちゃん人形みたいな髪型をしていた。

彼女と再会したのは高校を卒業し、それぞれ名古屋市内の女子短大に入学してすぐのことだった。入学祝いに親に買ってもらったヴィトンのエピを引っ提げてやってきた彼女を見た瞬間、「変わっちまったな」と私は思った。名古屋のコンサバお嬢さまへと華麗なる変貌を遂げた彼女には、『マリナ』シリーズや『花織高校』シリーズに登場する美少年たちにいっしょになってきゃいきゃい騒ぎ、「りぼん」の付録のノートに自作のイラスト付きで小説を書いていたころの面影などまるでなく、いかにリアルが充実しているかという自慢話ばかり一方的に聞かされた。

それきり彼女とは会っていない。

もし再会したのがいまだったら、彼女たちと再び手を結べたかもしれないと思う。いまだったら親の離婚も再婚もあっけらかんと飯のタネにできるようになっているし、たとえ自慢話ばかりだったとしても、名古屋のコンサバお嬢さまの話だって面白がって聞いてやれるだろう。四十三年も生きていると、友だちというのはタイミングがすべてだとつくづく思うようになった。

「独身の子たちとは話が合わないから会ってもしょうがない」

まだ私が二十歳やそこらのころに、高校の仲良しグループの中でいちばん早く結婚・出産した友人に言われた言葉だ。当時は私も若かったから彼女の言葉をそのまんまの意味で受け取り、「なによ！」「なんなのよ！」と同じく独身の友人たちとキーッ！となって、その手を離してしまった。「女の友情は壊れやすく長続きしない」となにかにつけてメッセージを発信し続けるメディアに包囲されて育ってきた私たちは、いつのまにかそれを鵜呑みにし、あまつさえ実践してしまっていたというわけである。

「大丈夫大丈夫、一度離れてしまった友だちとも、おたがい仕事や子育てが落ち着いて年を取ったころにはもう一度タイミングが合うようになるから」

そう言って予言のように慰めてくれる年上の女性もいたけれど、そばにいてほしい／あげたいのはそんな遠い未来じゃなくてこうしているいまこのときなのに、とも思っていた。それは希望でもあったが、現在進行形の絶望でもあった。

けれどその一方で、家族やパートナーとはちがっていつでも手を離せる気楽なところが友だちのいいところだとも思うのだ。消耗品といったら語弊しかないが、ほんのいっときでもいっしょにいてたがいに必要とし必要とされたのなら、その時間こそがかけがえのない宝物なんじゃないかって。花びらを閉じ込めたバスボムも、甘く官能的な香りのキャンドルも、舌の上でしゅわりと溶けるアニスの砂糖菓子も、儚く消えてしまう消耗品だけれど、ほんのいっときでも心を慰めてくれるじゃないか。

　度重なる転校の影響なのかはわからないけれど、密でクローズドな関係性が昔から私はどうも苦手で、「ズッ友だよ！」なんて言われようものなら、すぐさま荷物をまとめて行方をくらましたくなってしまう。毎日のように連絡を取り頻繁に顔を合わせていても、蜜月がすぎたとたん連絡を取らなくなったり、ちょっとしたすれちがいでぱったり音信が途絶えたりなんてことをこれまでに何度もくりかえしてきた。

　二〇二〇年に入ってから、『ハスラーズ』『スキャンダル』『チャーリーズ・エンジェル』『ハーレイ・クインの華麗なる覚醒』など、女たちの連帯を描いた映画が次々に公開され、シスターフッド旋風が巻き起こっているが、どの作品も「BFF《ベストフレンズフォーエバー》」を高らかに謳いあげていないところが私には心地よかった。「私たち、親友だよね」なんてわざわざ大上段に構えることもなく、必要なときにたまたま近くにいただれかと気楽にドライな関係を結んだっていいじゃないか。べたべたした友情ごっこなんてごめんだし、この関係が永遠に続くわけじゃない。それでいいのだと、言ってもらえたような気がした。それが、何十年来の親友に劣るものだとは思わない。

もし両親が離婚することなくあのまま祖父母の家に住み続けていたら、みほちゃんとありちゃんとの関係はどうなっていただろう。左胸に刻んだ「ＢＦＦ」の銘のもとに、幼なじみの仲良し三人組でぴったりくっついたまま大人になり、はじめてのセックスも手痛い失恋もバーレルのアイスクリームを食べながら共有し、結婚式ではブライズメイドを任せたり任されたり……なんてのはさすがに夢を見すぎかもしれない。

おそらく思春期のどこかの段階でそれぞれもっと気の合う友だちや居心地のいい相手を見つけて袂を分かち、学校や近所ですれちがっても手を振り合う程度の関係に落ち着くのが現実的なところだろう。嫌いになったわけでもなければ、いっしょにいるのが楽しくないわけでもないんだけれど、ちょっとずつ疎遠になっていき、学校で他の子といるときにすれちがうとなんとなく気まずくて、そそくさとその場を立ち去ってしまう。

うっ、つらい。実際に経験したわけでもないのにありありと想像できてしまい、胸が引き裂かれそうだ。何度かの転校で強制的に友人関係を切断されたほうが、この胸の痛み（疑似）にくらべたらまだましなんじゃないかと思うほどである。

それでもいつか大人になって、帰省した折にそれぞれ赤ん坊を胸に抱いた状態でばったり再会したりなんかして、「やだ、いつのまに子ども産んだの」「そっちこそー」なんて声をあげて笑える日がくれば上々なんじゃないかな。

最後に、これを読んでいるかもしれない友人たちへ、これからもどうぞ細く長く切れない程度によろしくお願いします。いま離れてしまっているあなたとも、いつの日か不死鳥のように蘇ることができたらいいなと願っています。

ひとくちにピンクと申しましても

あるときまでピンクは私の色だった。

父は青、母は赤、私はピンクで妹（ま）は黄。我が家の歯ブラシはその色分けと決まっていた。

歯ブラシだけにかぎらず洋服や身のまわりのもの全般、「女の子らしい」とされるやさしい色合いのものは私に、性別を感じさせない元気なかんじのものは妹（ま）に振り分けられていた。実際、色白で内向的な私にはピンクがよく似合ったし、活動的で男でも女でも通用する中性的な名前の妹（ま）には黄色がよく似合った。

サンリオキャラクターの中ではリトルツインスターズ（キキララ）がとにかく好きで、ララ（ピンクの髪の長いほう）を自分と同一視し、キキ（ブルーのショートカットのほう）を妹（ま）だとみなしていたようなところがあった。ちなみに妹（ま）に確認したところ、「私はタキシードサムやけろけろけろっぴが好きだったのに、親がかたくなにマイメロを押しつけてきた」とのこと。女性性を素直に受け入れていた私に対し、妹（ま）は女性性の強い色やキャラクターを好まなかったようだ。「自分の名前に女の子っぽいものは合わないと思っていた」という妹（ま）の言葉を聞くかぎり、名づけもある程度は関係しているのかもしれない。

二十歳で家を出て、自分で歯ブラシを買うようになってからは、そういえば赤を選ぶことが多かった。いまではネットでお気に入りの歯ブラシをまとめ買いするので、月によって紫や水色や緑、てんでんばらばらの色を使っている。しばらくして実家に戻ったときに洗面所を覗いたら、いつのまにかピンクは妹（ゆ）の色になっていた。

一般的にピンクは女の子の色とされているようだけれど、私の周囲にはなんの屈託もなくピンクに手を伸ばせる女の子はそんなに多くなかった。妹（ま）のように「私にはふさわしくない」と捉えているような子もいれば、ピンクという色に付加された記号的な女性性を忌避する子もいた。あまつさえ「ピンクはぶりっこの色」だとみなし、屈託なくピンクを選択する女子をバカにするような態度を見せる子までいた。

正直なところ、私はその手の屈託には縁がなかった。なにしろ「ピンクは私の色」である。ララと自分をあたりまえのように同一視していたような女である。「ピンクなんてたくさんある色のうちの一つなのに、なんでみんなあんなに目くじらを立てているんだろう」ぐらいに思っていた（やな女だなー）。そうかといって、ファッショニスタの母がふりふりのピンクのお洋服を与えてくれるはずもなく、いつも母の用意した趣味がいいだけでなんの高揚感もない紺やデニムの服をしぶしぶ着ていた。

私と同世代の女子がこぞって夢中になったピンクといえば、なんといっても一時期書店の棚を一色に染めあげていたティーンズハートだろう。優等生的なコバルト文庫は（著者がそれぞれ好きな色を選べることもあって）さまざまな色の背表紙だったのに対し、ティーンズハートはレーベル全体がピンクで統一されていた。淡いピンクの背表紙に躍るのは、恋とかラブとかキュンとかDoki☆とか♡などといった「女は恋愛のことしか頭にない」とでもいわんばかりの語句ばかり。ザ☆軽薄。あそこまでいくとある種のイデオロギーを感じずにはいられない。コバルトも人気があったけれど、当時クラスの大半は圧倒的にティーンズハート派だった。どちらも夢中で読みふけっていた私は、それだけでは飽き足らずついに「りぼん」の付録のノートにイラスト付きの小説まで書きはじめた。

その後、ヤンキーだらけの田舎の中学に転校してからも周囲に内緒でせこせこ小説を書き続けていた私は、高校生になって新しいピンクの概念に出会うことになる。90年代個性派ストリートファッションの代名詞ともいえる雑誌「CUTiE」の誌面を飾ったピンク——MILKやジェーンマープルやオゾンコミュニティといった個性的なDCブランドの提案するピンクは、これまで目にしてきたどんなピンクともちがっていた。かわいいだけじゃない攻めピンク。私のためのピンクだと思えるような唯一無二のピンク。

いまでこそ大人向けのブランドでもピンクの服を扱うようになっているが、当時まだピンクは幼い女の子のための色で、ある一定の年齢を過ぎたら卒業しなければならないものだとされていた。80年代に一世を風靡したピンクハウスも、90年代に入ると一部の人が熱狂的に支持するだけの、ともすれば「ダサい」「イタい」とみなされるものに変わっていた（※岡崎京子はネガティブにもポジティブにも全身ピンクハウスの女を描いている）。全身ピンクを身にまとった林家ペー・パー子夫妻がお茶の間をにぎわせていたのもちょうどこのころで、いきすぎたピンクは禍々しさを帯びるとされていた時代に、敢えてピンクを着ることがものすごく個性的でかっこいいことのように私には思えた。当時の私にとってのピンクは、甘くかわいらしい女性性の象徴ではなく、めちゃくちゃに攻撃的な威嚇のためのどやピンクだったのだ。

かくしてバイト代で好きな服を買えるようになった十八歳の私のもとに狂騒のピンクバカ時代が到来するのだが、その時代も長くは続かなかった。負けたのだ。世間の目に。ある年齢を過ぎたらピンクを卒業しなければならないという規範に。いまから思えばあのピンクバカ時代は、十代最後のあがきのようなものだったのだろう。

少女時代のマリー・アントワネットはピンクを好んでいたが、年を取ってからはブルーを好むようになったといわれている（『マリー・アントワネットの日記』の上巻をRose、下巻をBleuとしたのはそこからきている）。いったいどんな心境の変化があったのか、十八世紀にタイムスリップしてトワネットちゃんに訊ねてみたいものだが、ピンクというのは古今東西、特別な意味合いを持つ色だと見て間違いなさそうだ。

堀越英美さんの『女の子は本当にピンクが好きなのか』には、私がピンクを手放したのとちょうど同時期ぐらいに、ハローキティのベースカラーがピンクになり、シャイニーピンクのキティちゃんグッズが女子高生を中心に爆発的なヒットとなったとある。「愛されピンク」や「モテピンク」などと言われはじめたのも、00年代に入ってからだと記憶している。以降、市場には大人向けのピンクがあふれ、ピンク入れ食い状態になったというのに、私の求めるピンクはそこには存在しなかった。

それから二十年の年月が経ったけれど、パーソナルカラー診断でスプリングの私にはやっぱりピンクがとても似合う。それも青みがかったクールなピンクよりは、オレンジみの強いほっこりピンク。威嚇のためのピンクからはどんどん遠ざかっているが、それはそれとして受け入れて、いまでは程よい距離感でピンクとおつきあいできていると思う。

ネイルサロンへ行くと、爪の形をしたプラスチックのカラーサンプルから好きな色を選べるようになっているのだが、他の色に比べてピンクの数の多さといったら圧倒的である。ベージュっぽいピンクからほとんど赤に近いチェリーピンク、どやピンク代表のフューシャピンク、白にほんの一滴だけ赤を混ぜ込んだような淡い桜色、気心の知れた友人のようなサーモンピンク、大人っぽくてモードなモーヴピンクなど、さまざまな色みのピンクがグラデーションとなって何十色も用意されている。主張の強い赤とはちがってニュアンス命。ピンクがピンクたるゆえんである。

ダサピンク現象なる言葉が囁かれるようになってひさしいが、女たちのこのピンクに懸ける情熱やこだわり、複雑な心境や幼少期からの因縁を知った上でなおも、「女性向けだからピンクにしとけばいいっしょ」となめた態度でピンクに塗り固めたサイトやチラシや商品パッケージを作れるのか、企業や行政のお偉いさん方に訊いてみたいものである。

「女性＝ピンク」という押しつけがいやなのはもちろんだけれど、個人的にはピンクという最高にハッピーでロマンティックな色を雑に扱われることに、より強い怒りを感じる。女が百人いれば、百通りの好きなピンク嫌いなピンク許せるピンク許せないピンク惰性のピンクどうでもいいピンクがあるんだよ！　ピンクならなんでもいいと思ったら大間違いだからな！　ピンクなめんじゃねえよ！

二〇一九年のあいちトリエンナーレに出展されたモニカ・メイヤーさんの「The Clothesline」は、来場者がこれまでに受けた性差別や性被害について紙に書き記し、会場に設置された物干しロープに洗濯ばさみで留めるといった趣向の来場者参加型のアートプロジェクトだった。テーマカラーはピンクで統一されており、淡いピンクから濃いめのピンク、サーモンピンクやすみれ色のようなピンクと用意された紙の色もさまざまで、物干しロープにピンク色のエプロンが引っかけられているのも示唆的だった。

展示された紙を一枚一枚みていくと、「この作品のテーマカラーがピンクなんておかしい」といった主張がロープにぶら下がっているのがあちこちで目についた。おそらく彼らにはこの作品自体が「女性＝ピンク」という押しつけのように感じられたのだろう。言わんとしていることはわからんでもないけど……ともやもや考え込んでいると、ちょうどそこへ若い女性のグループが入ってきた。

「かわいい！」

作品全体を彩るピンクに目を奪われた彼女たちは、ほとんど脊髄反射的に叫んで、テンションが爆上がりしている様子であった。わかる、ピンクって問答無用にアガるもんな、と遠目から眺めていると、「性差別……」すぐに作品のテーマに気づいたらしいだれかが抑えた声でつぶやいた。たちまち彼女たちはさっきまでのテンションが嘘みたいにしーんと黙り込んで、ざっとなめるように展示に目を走らせて足早にその場を去っていった。

彼女たちの胸にそれぞれどんな思いが去来していたのかなんて私には知りようもないけれど、やっぱりあの作品のテーマカラーはピンクしかありえなかったんじゃないかと思う。望むと望まざるとにかかわらず女性の気分をこんなふうに乱高下させる色なんて、ピンクをおいてほかにない。かわいいだけじゃないピンク。女性を取り巻くシビアな状況を象徴するようなピンク。ピンクという色の持つさまざまな側面をいちどきに見せつける、すばらしいアート作品だった。

なんの屈託もなくピンクは私の色だと言うことはもうできなくなってしまったけれど、それでも私にとってピンクが特別な色であることは疑う余地もないことだ。ピンクの持つかわいさも軽薄さも苦みもすべて含めて、私はピンクを愛している。

どこまでいっても夫婦は他人

一人になると、二人を感じる
よかった、まだわたしたちは他人だ……

やまだないと先生の『西荻夫婦』をはじめて読んだのは、まだ二十三とかそこらのころだった。読んでいるあいだずっと感情の一部をつねられているようで、とくにミーちゃんのこのモノローグに差しかかったところで「わかる……!」とだらだら涙を流したおぼえがある。

いや、あんたなんにもわかっとらんかったよね?!

ひさしぶりに読み返してみて、まずそう思った。二十三歳の私にこの作品が語っていることを理解できたとは到底思えない。「一人になると、二人を感じる」どころかあんた一人だろうと二人だろうと大勢でいたとしても三百六十五日二十四時間、彼ぴっぴのことで頭いっぱいだったよね?! なにもかも自分に引きつけて都合よく解釈しようとするのほんとやめたほうがいいと思うよ? 読解力ってそういうことじゃないからね? こういう人ほど小説の感想で「ぜんぜん共感できなくて面白くなかった」とか言うんだろうな、あーやだやだ。

——とまあ、さんざん二十年前の自分にマウントを取った上で、『西荻夫婦』を読み返した現在四十三歳の私の感想を述べるとするなら、「わかる……！」の一言に尽きる。長い時間を同じ相手と過ごし、かつてその人と恋愛をしたような記憶もないでもないけれど、いまいっしょにいるのはそういうことじゃない、もうそういう次元にない、という境地まで達してようやく理解できる作品である。

昔、母に幸田文の『きもの』を貸してあげたときに、「これはあんたにはわからんわ。着物の知識まったくないもんね」とマウントを取られたことがあった。売られたケンカはすすんで買う、倍返しどころか百倍にして返すのが信条なので、

「はあ?! 小説ってそういう読み方するもんじゃなくない？ 幸田文を幸田シャーミンの母親だと思ってるような人に言われたかないわ！ 幸田文の父親は幸田露伴だけどね！ えっ、じゃあシャーミンの祖父が露伴なのって？ だからちがうから！ シャーミンいっさい関係ないから！」

と思う存分ぶち切れてやったのだが、あのとき母にされたことを、いまになって私は二十年前の自分にしようとしているわけだ。大嫌いな言葉だけど敢えてまた言う。血〜〜〜〜！

共感できるから理解できるから「良い」とされる作品もそりゃあるだろうけど、共感できなくても理解できなくても「良い」と感じることはざらにある。こんなの、わざわざ書く必

要もないぐらい当たり前のことだ。たとえその共感が少々強引な思い込みの激しいものだったとしても、一読者の感想は尊重されるべきである。

以上のことを踏まえた上で『西荻夫婦』の話に戻るが、四十三歳の私にとっては「もう知っていること」が描かれた作品だった。うんうん、わかるわかる、と頷きながら軽く読めてしまうような。話の内容自体はぜんぜん軽くなく、むしろすごく怖いことを描いているんだけど、二十三歳のときにこの作品から受け取ったヒリヒリするような感覚を、いまの私はもう感じなくなっていた。水風呂が冷たいのは最初のうちだけで、中に入ってから一分も経てば次第に体がなじんで冷たいと感じなくなる。それと似たようなことかもしれない。

二十三歳の私が、この作品のどこに「わかる……！」となっていたのか、マジでおまえちゃんと読んだ?と問い詰めたいほど謎ではあるのだが、おそらく当時の私は、彼ぴっぴとこの先ずっといっしょにいるうちに他人じゃなくなってしまうことを怖れていたんだと思う。ときめきを失い、男と女じゃなくなり、セックスレスに陥り、惰性でいっしょにいるだけのだらしなく緊張感のない関係。男と女が行きつく先はその一つきりだと思っていた。それが夫婦というものなんだと思っていた。

だからこそ、西荻という牧歌的な街で暮らすミーちゃん夫婦の日常にあんなにも胸をぶち抜かれたのだろう。仲の良い友人同士のようにお酒を飲み、恋人同士のように手をつないで街を歩く彼らの姿につよい羨望をおぼえながら、どこかで殺伐としたものを感じてもいた。

薄氷の上を二人きりで進んでいくような、スリリングできわきわな夫婦の姿を描いた作品に触れたのはそれがはじめてだった。

ミーちゃん夫婦には子どもがいない。子どもを望んでいながらそうなったわけではなく、みずから選んでそうなった。つないだ手の意味が、ラストではまったくちがった意味合いを見せることに四十三歳の私はぞっとし、でも「これ、知ってる」とも思った。

自分はそうはならないだろう、と二十三歳の私は思っていた。そうしてたぶん、どこかでミーちゃん夫妻を憐れんでいたのかもしれない。

ほんとにまったくなんにもわかってなかったんだな、バーカバーカ！と思うが、二十三歳の私のほうが、この作品を存分に味わい尽くし、多大な影響を受けていたことだけは間違いないだろう。わからないからこそ享受できることだってあるのだ。そんなふうに己の感受性ぜんぶをフル稼働させるような読書なんて、もう随分していない。

今年のお正月に放送されたドラマ『逃げるは恥だが役に立つ』のスペシャルで、主人公みくりの伯母である百合ちゃんが子宮体がんで子宮摘出手術を受けるシーンがあった。

「私の子宮は使わないままなくなっちゃう」

手術前に百合ちゃんがぽつんとつぶやいたこの台詞が、Twitterで大きな話題になっていた。

百合ちゃんは、主人公のみくりより女性人気の高いキャラクターである(※俺調べ)。化粧品会社に勤める五十代のキャリア女性でシングルライフを謳歌し、加齢という呪いから読者や視聴者を解き放ってくれた我らの百合ちゃんに、子宮幻想そのもののような台詞を言わせるなんて！という批判で一時Twitterが紛糾していたのだ。

「子宮を失ったら女じゃなくなる」とは昔からよく言われていることだが、子宮なんて臓器の一つに過ぎないのに、どうしてだれもかれもそこに過剰な意味を持たせるのだろう。それじゃまるで「女＝子宮」と言っているようなものではないか。子宮を持たない女性だってこの世にはいるのに。

中には「百合ちゃんぐらいの世代がそう感じてしまうのも無理はない」という擁護の意見もあった。私と同じ世代でも、社会からの刷り込みで「子どもを産むのが女の義務」「女に生まれて子どもを産まないなんて世間様に申し訳ない」と思わされている人は男女の別なく存在する。百合ちゃんの世代ともなればなおさらだろう。積極的に子どもを望んでいたようには見えなかった百合ちゃんも、いざ子宮を失うとなるとそんな感慨が湧いてくるのも無理はないのかもしれない。加齢の呪いからは軽やかに逃げてみせてくれた百合ちゃんもそこでつかまってしまうのか、しかしそれもまた人間だよな、というかんじもする。それでもやっぱりどうしても、「百合ちゃんにはそんなこと言ってほしくなかったよ〜〜〜！」(手脚を地面に投げ出しながら)という感情のほうが勝ってしまうのだよな。そんな呪いからはいますぐ荷物をまとめて逃げてよ、百合ちゃん。

これがもし現実に自分の伯母が吐き出した言葉だったら、こんなふうには思わなかっただろう。そうだねえ、残念だったねえ、使いどきを逃しちゃったね、と笑って答えてやっていたと思う。その人がそう思ってしまうことを否定することなどできないからだ。

しかし、どうしてフィクションなら否定してもいいと思えるのだろう。それはそれで不思議な話である。「共感できなくて面白くない」という単純な話ともちょっと違う気がする。もしかしてこれは、新手の「飛影はそんなこと言わない」なのか？　――それもあるだろうが、私たちが社会からかけられた呪いを一つ一つていねいに解きほぐし、次々と鮮やかな手つきで新しい価値観を提示していく『逃げ恥』という作品の中で、唐突ににゅっと古い価値観が顔を出してきたから拒否反応を起こしてしまったのかもしれない。

個人的に今回のスペシャルは、ドラマオリジナルの展開を見せた後半、妻と子を遠くから見守る平匡《ひらまさ》さんのシーンに涙を禁じえなかった。自分の子どもを胸に抱きたいのにそうできない、遠くから見ているしかない平匡さんの姿が夫に重なり、泣けて泣けてしかたなかった。

不妊治療を卒業してからというもの、男の人が赤ちゃんを抱いていたり、小さな子どもといっしょにいるところを見ると私の情緒は乱れ狂ってしまう。女の人が赤ちゃんを抱いている姿にはなんにもこれっぽっちも心を乱されないから、夫に子どものいる人生を送らせてやれなかったことをどこかで後ろめたく思っているのだろう。「子どもを産まないなんて世間様に申し訳ない」なんて発想ははなからすこんと抜け落ちているし、子宮がどうのとか女としての務めがどうのとかそんなことはみじんこほども思っちゃいないが、これぱっかりはどうすることもできそうにない。

子宮を使わないまま終わる女の物語は哀惜を帯びて語られるのに対し、種を残せなかったと嘆く男の物語は身勝手で滑稽なものとして語られがちだ。子宮を使わないでもけろりとしてる女なんていくらでもいるし、自分の子を持てなくていつまでも悲嘆に暮れている男だっているのに、それは「規格外」だからフィクションにはなかなか登場しない。

もっといろんな形、いろんな語り口のものを見たいし、自分でも書いていきたいと改めて思う。

はじめて夫と二人で香港に行ったとき、『西荻夫婦』に出てきたスタンレーの海岸にどうしても行きたくて、都心から一時間近くかけて足を伸ばした。

その日は朝からずっと雨が降っていて、人もまばらでさびれた土産物屋街を流し、そんなわけないのに「本真珠だ」と騙されて模造パールのピアスを百香港ドルで買った。しょぼくれた食堂しか開いてなくてしかたなくお昼をそこで食べることにしたのだが、麻婆豆腐とか酢豚とか日式中華の定番メニューばかり注文したら、その旅いちばんの美味しさでびっくりした。帰りのバスがなかなかこなくて、タクシーの一台も通らず、どうしようかと途方に暮れて海岸沿いをとぼとぼ二人で歩いていたら、マイクロバスが一台やってきて行き先もわからないまま飛び乗った。二人ともくたくたに疲れ果てていて、バスに揺られているうちに眠ってしまい、起きたら香港の街中に戻っていた。

なんだかずっと、そんなふうに二人で旅しているような気がする。楽しくてしあわせなはずなのに、なぜかずっと心細くてびくびくしている。

どこまで行ったところで夫婦は他人だ。境界を失い、相手と一体化してしまうようなことがあったらすぐにでも離れたほうがいい。頭ではわかっているのだけど、いざそうなったらそうなったで、それはなかなかに得がたく陶然とするような体験なんだろうなとも思ってしまう。

管理してくれる人もいないのでお墓なんかいらないと思っていたが、『西荻夫婦』のお墓を買いに行くエピソードを読んで、死んでからも夫と同じ場所にいられるのはいいなと思った。そこに他の人を入れたくはないな、とも。

いまのところ私は夫を見送る気まんまんでいるが、私が死んだらそこに私を入れてくれる人はいるんだろうか。

特別になりたかった私たちへ

みんなが『花束みたいな恋をした』の話をしている。どいつもこいつも猫も杓子もである。もちろん私もした。大いにした。それだけでは飽き足らず、いままさにこの連載でも『花恋』の話をしようとしている。

二〇二一年二月も終わりに差しかかった現在、コロナウイルスの新規感染者数が多少減ってきたものの、いまだ緊急事態宣言下にあるので、あくまで概念の井戸端――Twitterやクラブハウスやラジオやポッドキャストなど――で観測するかぎりなのだが、おもに二十代から四十代にかけての文化系人間たちが、『花恋』を観たらその話しかできなくなってしまうかのように、ひたすらずっと『花恋』の話――というより『花恋』を呼び水にした自分語りを続けている。田舎生まれ文化系育ち自意識高めのやつらは大体友だちどころかできれば避けて通りたい私としては、彼らの話を聞いているだけで「いっそ殺してくれ!!!」という気持ちになってしまうのだが。

未見の方のために概要をざっと説明すると、人気脚本家・坂元裕二《さかもとゆうじ》による二十代の男女の出会いから別れまでを描いた五年ほどの恋愛（のようなもの）映画で、主演は菅田将暉《すだまさき》と有《あり》村架純《むらかすみ》。四週連続で国内映画ランキング一位を獲得する大ヒットとなっている。

たまたま出会った二人の男女が一晩で意気投合し、恋愛関係に発展していく——と書いてしまえばありふれたよくある恋愛もののように思われるかもしれないが、意気投合のために用いられる二人の共通点が、好きな本だったり芸人だったりミュージシャンだったり映画だったりするものだからもうたいへん！なのである。しかも並べられた固有名詞のどれもが、ややマイナーな、いわゆる「サブカル」ばかり（※主人公たちが好む現代日本の純文学は「サブカル」ではなくむしろメインカルチャーなのではという気がしないでもないが）とくれば全身の毛穴から脂汗が噴き出して止まらない。「ありふれたよくある恋愛もの」となめてかかっていたものが、実は「ありふれたよくある俺たちの話」であったときの衝撃よ。かくして、共感性羞恥とノスタルジーとアイデンティティクライシスの追体験、モラトリアムに対する男女間の差異など、もろもろの感情でぐちゃぐちゃになって映画館を出た文化系ゾンビたちが、夜な夜な『花恋』の話をする現象が巻き起こっているわけだ。

しかし、映画の主題はそこにはなく、無数に並べられた固有名詞にばかり気を取られているると置いてきぼりを食らうはめになるのだが、無数に並べられた固有名詞に気を取られることの高揚感と愚かさも同時に描かれていて、きびしくてやさしい、実に坂元裕二らしい作品であった。主人公の二人は、菅田将暉と有村架純が主演する恋愛映画なんて本来なら見向きもしないはずだけど、脚本が坂元裕二なら行ってみようかな、なんて思ったりしそう。そんで、どこかの映画館でばったり鉢合わせたりなんかしてそう。そんなところも絶妙に意地悪で好きだ。

自分と同じものが好きだからという理由でその人のことを好きになる。

若いころには、恋愛にかぎらず、そういう結びつきがあった。まだインターネットのなかった時代、田舎で生まれ育った、ややマイナーな文化系趣味の人間にとって、自分と同じものを観たり聞いたり読んだりしている相手に現実で出会うことなんて、ほとんど奇跡に近いことだった。固有名詞だけでコミュニケーションを取った気になり、固有名詞だけでマイメン認定していたような若かりしころがたしかに私にもあった。そうです、mixi のプロフィール欄にずらずらと固有名詞を並べていたのは私です（挙手）。

ばらやゆり、マーガレットやガーベラ、いまの季節だったらミモザ——いろとりどりの花を集めて作られた花束が、そのまんま自分をあらわしているのだと錯覚していた。同じ種類の花を抱えていればいるほど相手を近しく感じ、変わった色や品種の花をたくさん持っている人ほどクールという謎の評価基準があり、自分たちが見向きもしないメジャーどころの花（桜とか？）で満足している「大衆」を陰でバカにしたりもしていた。

これまでに観たり聞いたり読んだりしてきたカルチャー、その集積がいまの自分を形作っていることは疑いようもないけれど、だからといって固有名詞だけで私ができあがるはずもない。「二人が見ているものはほんとうに同じものなのか?」という容赦のない問いが『花恋』の劇中でもくりかえし提示されていたが、同じものを観たり聞いたり読んだりしている人間がまったく同じ人間になるかといったら、もちろんそうではない。そんなあたりまえすぎるほどあたりまえのことに気づくまでに、ずいぶん長い時間がかかってしまった。だけどそれを花束と呼ぶのは、やっぱりすごくやさしいことなんじゃないかと思う。

90年代は個性の時代だった。

みんなが同じ方向を向いて進んでいた時代が終わり、オルタナティブが台頭してきた時代。そのまんま「オルタナティブロック」が一大ムーブメントを巻き起こし、バブル崩壊とともにDCブランドブームが終焉を迎え、一点ものの古着やインディーブランドの個性的なアイテムをミックスさせておしゃれを楽しむストリートファッションの時代がやってきた。

そんな時代の空気を敏感に察知していた田舎の少女だった私は、とにかく凡庸で平凡であることを怖れていた。光GENJIや別マ、エドワード・ファーロング、「ボクたちのドラマシリーズ」――みんなが好きになるものもそれなりに好きだったけど、それよりもっと熱中したのはユニコーンや電気グルーヴやフリッパーズ・ギターや岡崎京子だった。ここに「少年ジャンプ」やコバルト文庫、白泉社系少女マンガなどのオタク文化と、『ツイン・ピークス』や『ビバリーヒルズ高校白書』、町に一軒しかないレンタルビデオ屋でせっせと借りてきて観ていた欧米映画を加えて、文化系まっしぐらですくすく育ったのが私である。「Olive」も「mc Sister」も「PeeWee」も好きだったけど、いちばん夢中で読んでいたファッション雑誌はより個性的で攻撃的な「CUTiE」だった（なのに「FRUiTS」までいくと個性的過ぎてちょっと……と引いていた）。制服のボタンを安全ピンに付け替えて、ルーズソックス全盛の時代に真っ青なハイソックスを履き、全身ピンクを身にまとい、「女らしい」とか「いいお嫁さんになりそう」とかいった世間の物差しを全身全霊で拒否していた。

とにかく私は特別になりたかった。特別な女の子だと人から認められたかったし、認めさせたかった。特別になりたくて人とちがうものを好きになっていたのか、人とちがうものが好きだから特別になりたかったのかは、鶏が先か卵が先かみたいなことになりそうで自分でもよくわからないのだけど、「ふつうの女の子」はつまんない人生を送るしかないという強迫観念に突き動かされてのことだったのではないかといまになって思う。

田舎で生まれ育った「ふつうの女の子」は、そのまま田舎に留まり、だれかの妻や母になるしかないのだと、いつのまにか私は思い込んでいた。自分の周囲にいる大人の女性たちがみなそうであるように、ドラマやコンサバな少女マンガに出てくる大人の女性たちはみんなだれかの妻や母であるか、いずれはだれかの妻や母になることを望んでいた。

そこから逃げる方法（オルタナティブ）を示してくれたのが、私にとっては個性的なファッションであり、岡崎京子であり、ホリー・ゴライトリーであり小泉今日子であり野沢直子であり、そして『東京ラブストーリー』の赤名リカだった。「ふつうの女の子」なんかじゃない、黙って言うことをきくような女じゃないのだと示すためにそれらのアイテムを必要とした私は、同時にコンサバファッション＝忌むべきものだと記号的に思い込んでもいた。

00年代に入ると一転、コンサバファッションの代名詞である「赤文字系」が隆盛を極め、「モテ」や「女子力」などという言葉が時代の空気を染め抜いていったので、当時の私の危機感もあながちまちがいでもなかったかもしれない。

10年代に入ると今度は、おしゃれなんてしてもしなくてもどっちでもいいし、なんならシンプル極まりない平々凡々なノームコアがいちばんおしゃれという時代が訪れ、時流を読むのに長《た》けたセンスのいい女の子たちはみなこぞってロハス方面に舵を切り、いちはやく「私らしさ」を獲得していった。エッジの効いた、相手を威嚇するようなアイテムをなにか一つでも身につけていないと落ち着かない90年代の申し子のような私にとっては苦難の日々だったと言える（そう思うと、いついかなるときでもギャルはギャルだからすごい）。

しかし、「外見やファッションで他人をジャッジすることこそイケてない」という時代の空気は存外に心地のいいもので、次第に私の心を解きほぐし、鋲のびっしりついたバッグや肩こりが悪化しそうなぶっといブリンブリンや『聖闘士星矢』のゴールドクロスのようなバングルは、いつのまにかクロゼットから消滅していた。いまでは、気づくと全身ユニクロなんて日がざらにある。

カルチャー方面においても、オタクが市民権を得た現在では人とちがうことがデフォルトで、そこに余計な自意識を働かせるのはクールじゃないこととされている。SNSの普及によって多様な価値観や生き方が可視化され、他者との境界線がよりくっきりとし、肩肘を張って個性を示さなくてもよくなったというのもあるかもしれない。

かくいう私も二十代の終わりにメジャー中のメジャー、日本のトップ・オブ・メジャーコンテンツである嵐にドハマりしたのをきっかけに、転がる石のようにミーハー道を突き進んでいる。いまでは日本が誇るヤンキーカルチャーの代表格LDHに夢中で、テレビドラマの初回はすべて自動的にハードディスクに録画されるよう設定してあるし、人気俳優は男も女もみんな大好き、話題の映画やマンガや海外ドラマはできるかぎりチェックするようにもしている。無節操きわまりない超ミーハー、それが二〇二一年二月現在の私だ。そもそも坂元裕二だって、なぜか「俺たちの」と思ってしまうふしがあるけれど、キャリアの超初期に『東京ラブストーリー』を書いた超がつくほどのヒットメイカーだしね。

あんなにも忌み嫌っていた平々凡々なおばさんと化したいまの私を見たら、あのころの私はどう思うだろう。

それこそありったけのブリンブリンを全身ぶらさげるように固有名詞を並べたて、個性的なんだかトンチキなんだかよくわからないファッションをし、だれも知らない自分にだけフィットするカルチャーはないかと夜な夜なヴィレヴァン、タワレコ、ゲオを徘徊し血眼になってディグりまくっていたあのころ。

類は友を呼ぶみたいに、特別になりたかった女の子たちがまわりにたくさんいた。「不思議ちゃん」があちこちで産声をあげ、ロリータファッションが爆誕し、「rockin'on」を胸に抱き、ピンクのドクターマーチンの紐を固く締めあげ、『ベティ・ブルー』に涙していたあの子たち。

「私、変わってるってよく言われるんです」

と自己紹介代わりに宣言する女の子が飲み会には必ずいて、そんな女の子たちをバカにして笑う男の子たちも掃いて捨てるほどいた。

私はそういう子たちとはちがいます、ちゃんとわきまえた女ですと示すために彼らといっしょになって笑い、心をがさがさに擦りむかせながら、あのとき私はなにを得ようとしていたんだろう。

だれでもよかったんだろうな、あの男の子たち。自分の話をけらけら笑って聞いてくれる女の子ならだれでも。

けれど、それなら私も同じだ。私を特別だと認めてくれるなら、だれでもよかったんだから。

いまの私は特別でもなんでもないけれど、ようやく私自身になれたような気がしている。

あのころ、特別になりたかったみんなたちはいまどこでどうしてるんだろう。田舎に帰ってだれかの妻や母になったんだろうか。それとも都会の人波にまぎれて暮らしてる？　ホリー・ゴライトリーのようにいつも旅の中にいるみたいな生活をしている子も中にはいるかもしれない。どんな生き方を選んでいたとしても、胸に抱えた花束をたいせつに慈しみながら、自分らしく元気にやってるといいなと思う。

いつかどこかでばったり再会し、昔話に花を咲かせられることを願って、ひとまずはそれぞれの道を行くことにしよう。

祖母の名前　할머니　성함

祖母は韓国の忠清南道《チュンチョンナムド》の生まれだ。

正確に言うと、祖母が生まれた当時は日本統治時代の朝鮮だった。忠清南道のどのあたりだったか、詳しいことはわからないのだが、創氏改名で日本名を決める際、朝鮮人の多くが故郷の地名にちなんだそうだから、もし祖父（あるいは曾祖父、ことによっては高祖父）がその理由で日本名を決めたのであれば、このあたりかなという見当はついている。

祖母の生家は両班《ヤンバン》と呼ばれる朝鮮の支配階級で、世が世ならお姫さまのような暮らしをしていてもおかしくなかったのだという。父方の祖父は、両班の血を引く嫁がきたことに有頂天になり、お金をたくさん使って家系図までこしらえたそうだ。その家系図、いまもまだどこかにあるならぜひ見てみたいんだけど、父方の親族に問い合わせたらＰＤＦにしてだれか送ってくれたりしないだろうか。この際、iPhone で撮った写真でもいいから。

自分のルーツについて聞かされたのは、十六歳の誕生日がくる直前のことだった。日本で暮らす在日朝鮮人は十六歳になると外国人登録証明書の携帯が義務付けられていたのである

（※二〇一二年に制度廃止）。

そのときがくるまで、私は自分のことを日本人だと思って育ったし、いまも朝鮮半島にルーツを持つ日本人ぐらいの感覚でいる（十八歳のときに帰化もした）。国が分断されてできたいまの韓国が祖国だとはとうてい思えないし、向こうだって私を韓国人だとは認めないだろう。最近になって少しずつ本を読むなどして勉強してはいるが、朝鮮の歴史も文化もあまりに知らないことだらけだ。韓国語を習いはじめて三年になるが、まだほとんど身についてもいない。

ルーツを聞かされた当初はもちろんショックだったけど、「おばあちゃんが貴族みたいな家の生まれってことは、韓国に行けば私もプリンセスってこと?!」と舞いあがれるほどにはアホの子だったのでなんとかなった。80～90年代の少女マンガどっぷりで育った日本の女の子なら、多かれ少なかれこのような反応になるんじゃないかと思う。「訳あっていまは庶民に身をやつしているけれど、実は高貴な血筋」だなんて、夢見がちな少女が何度となく夢想してはすり切れるまでこすり続けそうなドリーム設定である。

実際の祖母は、お姫さまなんて言われてもぜんぜんぴんとこないかんじの、がさつなモーレツばあちゃんだった。岐阜の田舎のボロ家に住み、いつも煮しめたような色の服を着て、もこもこしたパンチパーマに金歯がきらりと光っていた。言葉遣いも荒く、やることなすこと無茶苦茶で、押しも強ければ聞かん気も強くて、とても高貴な生まれには見えない。両班とか言ってるけど話を盛ってるだけなんじゃないか、日本や西洋の貴族にもいろいろ階級があるように、うんと庶民寄りのなんちゃって両班だったんじゃないのかと訝《いぶか》ったりもした。

しかし、韓国や朝鮮について学んでいくにつれ、少しずついろんなことが理解できるようになってきた。ボロ家に住んでいたのはお金がなかったのもあるだろうが、在日朝鮮人にまともな家を貸してくれる大家がいなかったからだろうし、長いあいだ私は祖母のぎこちない日本語を岐阜の訛《なま》りだとばかり思っていたのだが、韓国語を習いはじめてからは朝鮮訛りの岐阜弁なのだとわかるようになった。つっけんどんな調子も、韓国語を基準にすればそんなものかなと思う。ときどき自分のことを「俺」と呼ぶからぎょっとしたりもしていたけれど、韓国語の一人称は男も女も「ナ」だし、っていうかなんなら私だっていまでは自分のことを「俺」と呼んでいる。

祖母が作るおにぎりは拳二個分ぐらいはありそうな爆弾おにぎりで、いつも母や叔母たちと「豪快すぎる」と笑っていたけれど、韓国では「チュモクパブ（げんこつ飯）」と呼ばれ、むしろ祖母のおにぎりのほうが主流で、日本風の三角おにぎりは「サムガクキムパブ（三角海苔巻き）」と呼ばれ区別されている。伯父（祖母にとっては次男）が亡くなったとき、人目も憚らずにいつまでもおんおん泣いていた祖母を激しすぎると内心思っていたが、韓国映画やドラマに登場するアジュンマやハルモニたちは身内――とくに我が子を亡くした場面では、祖母の比でないほど激しく泣き崩れていた。そういえば祖母のパンチパーマは、韓国の市場や食堂で働くアジュンマたちの髪型にそっくりだ。

韓国系アメリカ人の作家ミン・ジン・リーによる『パチンコ』は、在日朝鮮人一家の四代に渡る物語である。作中に登場する両班出身の女性は、生家に出入りしていた腕利きの料理人から料理を教わったため、ものすごく料理が上手いという設定だった。祖母の料理の腕がいかほどのものだったのか、祖母の作ったふにゃふにゃのサッポロ一番みそラーメンの味しか覚えていないのでなんとも言えないのだが、少なくともキムチ作りの名人であったことだけは複数人からの証言を得ている。

『パチンコ』の主人公の一人であるソンジャの名前を漢字にすると「宣子」になり、そのまま日本での通名にしていた——というくだりを読んで、もしかしたら祖母のほんとうの名前は「순자」かもしれないと思いいたった。祖母の通名「順子」を韓国語読みすると「スンジャ」になる。アメリカ人の書いた小説を読んでいまさら気づくなんてなんだか不思議な話だし、なめくじみたいにしおしおと溶けてしまいたくなるようなことでもある。祖母の名前をいまのいままで知ろうともしていなかった。そのことがとても恥ずかしい。

アメリカで百万部を超えるベストセラーとなり、オバマ元大統領の愛読書としても知られている『パチンコ』はApple TV+でドラマ化されることも決まっているが、二〇二一年のアカデミー賞にノミネートされた『ミナリ』もまた、一九八〇年代にアメリカに移り住んだ韓国人一家を描いた実に静かで美しい映画であった。排外主義的なトランプ政権下で分断の進んだ現在のアメリカでは、移民の物語が切実に求められているのかもしれない。

アメリカで育った少年・デビッドが、韓国からはるばるやってきた祖母に対し、「おばあちゃんらしくないから嫌い」と違和感をあらわにする場面では、なつかしさに目がくらむような感覚をおぼえた。韓国から持ってきた漢方らしきものを煮詰めた茶色い汁を飲めと強要したり、暴言を吐きながら花札をしたり、男性器の俗称を連呼したり、祖母のやることなすことにうんざりした表情を見せるデビッドの姿はそのまま幼いころの私に重なる。彼の気持ちが世界中のだれより深く理解できるのは私なのではないかと思ったほどである。

祖母といっしょに風呂に入ると、「べっぴんさんになるで」とタオルで真っ赤になるまでごしごし顔をこすられた。おかげでべっぴんさんにはなったけれど、やられている最中は痛いし息をするのもやっとだしで堪らなかった。鼻血を出すたびに祖母が道ばたで摘んできた蓬《よもぎ》を鼻の穴に詰められていたのだが、犬のおしっこがかかっていそうだし臭いし不快だし、もんだ蓬のあいだから鼻血が噴き出してくるしでほんとに勘弁してほしかった。バスに財布を置き忘れ、見ず知らずの他人の家に無断で上がり込んで電話を拝借したとき（田舎の家は留守でも鍵がかかってない）などは、恥ずかしくていたたまれなくて、できることならその場から逃げ出したかった。ばあちゃんやめて、やめてってばとどれだけ訴えても祖母はどこ吹く風だった。

祖母と私はなにかがちがう。なにがどうちがうのか、きちんと言葉で説明することはできなかったが、直感でそれを悟った私は理解不能な異物として祖母を遠ざけた。こちらに向かって伸びてきた手を強い力で払いのけ、祖母を傷つけるような酷い言葉を投げつけた。自分とはちがうから傷つけていいと思っていた――もしかしたら「ちがうから傷つかない」と思っていたのかもしれない。デビッドはそれを「おばあちゃんらしくない」と表現していたけれど、幼いなりに彼や私の中に醸成された規範のようなものがあって、そこからはみ出す祖母が許せなかったのだろう。

朝鮮民族の血が流れていたとしても日本で生まれ育った私はどうしたって日本人だし、アメリカで育ったデビッドはアメリカ人だ。育った土地の文化や風土の中で、拭い去れないにおいのようなもの、思考のくせのようなものが染みつくことは避けられない。もちろん個人差があるとはいえ、それがどこまでその人の気質なのか、後天的に身に付いたものなのかは、当人でさえ明確には区別できないだろう。幼い子どもほど、そういった差異に敏感に率直に残酷に反応してしまうものだとも思う一方で、その差異を軽々と飛び越えて異質なものと気安く手をつなぐことができるのもまた幼い子どもだという気もする。

『ミナリ』の祖母役を演じたユン・ヨジョンは「ステレオタイプに陥らないように演じた」とインタビューで語っていたけれど、もし仮に絵に描いたような韓国のハルモニがやってきたとしても、デビッドにとってはやっぱり「おばあちゃんらしくない」ってことになったんじゃないだろうか。観ているこちらがひやひやしてしまうようなアメリカ人たちとの交流が劇中で何度か描かれていたが、デビッドが激しい反発を覚えたのは祖母に対してだけだった。

こんなふうにさまざまなフィクションや朝鮮・在日朝鮮人について書かれた本を通して、私は少しずつ祖母のことを――その青春を、その来し方を理解し、想像するようになった。

直接話を聞けたらいいのだが、あいにくコロナで施設の面会は制限されているし、二年前に会いに行った時点で、祖母はだれかと会話することを早々に諦めてしまうくせがついているようだった。耳が聞こえづらくなったせいか、こちらがなにか話しかけても聞き取るのを億劫がり、なにか訊ねたところで一言二言、簡潔な答えが返ってくるだけだ。認知症も少しずつ進行している。もっといろんな話を聞いておけばよかった。おいしいキムチの漬け方だって教わりたかった。韓国語でおしゃべりしてみたかったし、大枚叩《はた》いてでも祖母を故郷に連れて行ってあげたかった。

デビューして間もなく、著作の韓国語訳が立て続けに二冊出版された。祖母が喜んでくれるだろうとばかり思っていたが、実際に本を持って行ったら、「ふん」とだけ言ってろくに見向きもしなかった。そのときまで私は、祖母が文字を読めないかもしれないということに思いいたってもいなかった。

終戦直後の朝鮮人女性の識字率は一割にも満たず、ごく一部の限られたエリート層の女子だけがソウルの学校で高等教育を受けていたようだ。両班の家に生まれたとはいえ地方出身の祖母がその一部に入っていた可能性は低そうだし、朝鮮語の使用が禁じられていた当時の朝鮮でハングルの読み書きを習うのは男性でも困難だったはずだ。日本語の読み書きだって、在日一世の女性で習得の機会を得られた人は限られているだろう。

いつも私は遅い。

どうしてもっと早くしておかなかったんだろうと日々後悔することばかりだ。

後悔しながら本を読み、韓国の映画やドラマを見て、今日も祖母のことを考えている。そうしてやっと、祖母を一人の人間として見られるようになった。

いつか同じ後悔をくりかえさないようにいまのうちに母の話も聞いておかなくちゃと思うのだが、苛立ちや照れくささやさまざまな思いが先に立ってなかなかそうできないでいる。まだ私は、母を一人の人間として見られていないようだ。

「おばあちゃん、どうして日本にきたの?」

一度だけ、祖母に訊ねてみたことがある。

「子どもができたもんで、〝これ〟とこっちにきた」

〝これ〟と言うとき、祖母は親指を立ててこちらに突き出した。「ねんごろな関係にある男」を示す昔ながらのジェスチャー。私が生まれたころにはすでに亡くなっていた祖父のことだ。

思いもよらない答えに驚く私の隣で、「ばあちゃん、やるね」と夫が噴き出すと、うれしそうに祖母もにやにやと笑っていた。

祖母が最初の妊娠をしたのは一九四〇年代、当時の朝鮮はいまよりはるかに女性に対する貞操観念が厳しかったはずだ。未婚の良家のお嬢さんともなればなおさらである。もしかして祖父とは身分違いの恋だったんだろうか。親に結婚を許されず、日本に駆け落ちしてきたとか？　想像しはじめるとドラマティックが止まらないが、それこそ『パチンコ』のソンジャのようにだれにも言えないような秘密を抱えていたのかもしれないし、当時の日本で朝鮮人がどれだけ過酷な労働に従事させられたか、どんな差別にさらされてきたかを考えると、調子に乗ってあれこれ勝手に物語を作りあげるのもよくないなと自分を戒めた。

「待っとれよ。元気になったらいっぱい稼いで、うまいもん食わせてやるからな」

面会に行くたびに、祖母はくりかえしそう言っている。働いてお金を稼ぐことが身にしみついているのだろう。十八やそこらの苦労知らずの両班のお嬢さんが海を渡って日本にやってきて、どんなふうに生きてきたのか、それだけでうかがえるようである。

長いおしゃべりの果てに――あとがきにかえて

「あんたはおしゃべりな文体だからさあ」

と先輩作家（お）さんに言われたことがある。（お）さんと会うときはたいていおたがいべろべろに酔っぱらっているので、たぶん（お）さんはそんなことを言ったことすら忘れているかもしれないが、私はつい昨日のことのように思い出せる。

なぜならものすごく、それはもうものすご――――くショックだったからだ。向田邦子の数々の短編小説やエッセイのような、極限まで言葉を削ぎ落としたキレキレの文章をいつか書いてみたいと思っていたからだ。人間の深淵をのぞかせるっていうか気づいたときにはもう谷底じゃん？みたいな、斬られたことにすら気づかない達人の太刀筋のようなキレキレの文章。いつかは私もあの境地にたどり着きたいと思っていたからだ。

せつせつとそのようなことを訴えかける私を、

「そうは言ってもあんた、人には向き不向きってもんがあるじゃーん！」

ワイングラス片手に（お）さんは軽々と笑い飛ばした。ショックすぎて言葉を失い、その日は痛飲した。

もしこれが（お）さんでなければ軽く聞き流していたかもしれない。（お）さんはいつもへらへらと明るく自由な人ではあるが、本質をずばりと突くようなことばかり言う人なので聞き流すことができなかった。（お）さんが言うのだから、それはそうなのだろうと大真面目に受け取ってしまった。

小説家として十数年ほど小説を書き続けてきたが、そのあいだエッセイの依頼は数えるほどしかなかった。エッセイの依頼というのは売れている小説家にしかこないもので、さらにはエッセイが一冊にまとまるなんて超売れっ子の小説家にしか許されないことだとばかり思っていたが、なにがどうしてこうなったのか、一年半に及ぶエッセイの連載がこのたび一冊にまとまることになった。マジか。いまこれを書いているあいだもどこかにドッキリのカメラが仕掛けられているんじゃないかと疑っている。

連載をはじめるにあたって、「一回につき原稿用紙七枚ほどで。掲載はウェブなので多少増えても大丈夫です」と言い渡されていたが、自由にのびのびと愛のままにわがままにキーボードを叩いていたら毎回大幅に設定枚数を上回り、ひどいときには倍近くの枚数を書いてしまうこともあった。エッセイの連載（ましてや本にしてもらえる）なんてこれが最初で最後かもしれないと思ったら、ついあれもこれもと欲張ってしまったのだ。もし再び（お）さんに「あんたはおしゃべり（略）」と言われたら、無駄な抵抗などせず、「へえ、まったくもってその通りで」とへりくだって答えることだろう。

一冊にまとめるにあたって頭から読み直してみたが、少ない言葉でずばりと本質を突くようなキレキレの文章からは程遠い、むしろなるべく本質に近づかないように迂回するような、だらだらとまとまりのない文章ばかりで我ながら慄《おのの》いた。でもでもだっけっどぉ〜、親しいだれかとのおしゃべりってそういうものじゃん？と言い訳のように思ってもいる。話題があっちへ飛んだりこっちへ飛んだりしながら、結局同じところをぐるぐるまわった挙句、最終的には「水うまっ」しか言わなくなり（ああ酔っぱらい）、「じゃあね」と手を振ってそれぞれ千鳥足で帰路につき、楽しかった時間の余韻に包まれて幸福な眠りにつく。コロナウイルスの流行でひさしくそんな時間を過ごしていないが、かつてあった親しいだれかとのおしゃべり、そういうものでしか慰撫できない箇所がだれの心にもあるんじゃないだろうか。

そう考えると、おしゃべりな文体っていうのも、そんなに悪くないんじゃないかと思えてくる。


おしゃべりついでに最近観たドラマの話をしてもいいだろうか。

だめだと言われたところで書いているのは俺なので勝手にさせてもらうのだが、担当編集（て）氏におすすめされてシリーズを追いかけるようになった『NYガールズ・ダイアリー　大胆不敵な私たち』がすごかった。なにがすごいってこのドラマ、フェミニズム、レイシズム、ルッキズムからはじまり、セクシュアルマイノリティや移民の問題、遺伝性乳がんと予防的な乳房切除、卵子凍結、セックスパートナー、セルフプレジャー、女性のキャリア問題、女性の政界進出、乳首解放運動、マスキュリニティをどう扱うか等々、現代のさまざまなイシューをどこよりも早く臆面も躊躇も見境もなく盛り込みながら、ひたすら軽くてポップでファッショナブルな女子ドラマとして成立しているところである。その軽薄さには、ド抜けたミーハー女と自任している私でさえも舌を巻く。

アメリカで二〇二〇年に放送されたシーズン４では主人公の一人サットンが初期流産をするのだが、流産したときにふさわしいとされる感情が湧き起こってこないことに戸惑う姿がめちゃくちゃ「俺たちのリアル」だった。キャリアアップしたばかりでこれからバリバリ働こうと思っていた矢先に妊娠が判明し、喜びと同時に戸惑いを感じていたサットンは、二人の親友を呼び出し、正直な気持ちを泣きながら吐露する。

「赤ちゃんがいなくなってほっとしてる。ああ、どうしよう言っちゃった。こんなこと思っちゃいけないのに、私ほっとしてるの」

あのとき、私が観たかったものだった。あのとき、これがあったらどんなによかっただろう。スピーディーなのが取り柄なんだからもっと早く作ってほしかったとせんないことを思いつつ、ひとまずは「思っちゃいけない」とされてきたことを、どこまでも軽薄に言ってのけるこんなドラマが登場したことを喜びたい。

思っちゃいけないことなんて、ほんとうはひとつもないはずなのだ。なにを思おうとその人の自由だし、思ったり感じたりした時点でそれはもうそこに「ある」んだから、だれにも奪うことなんかできない。正しいも正しくないもない。

とはいえ、ところかまわず表に出して許されるかどうかはまた別の問題である。すべての表現は人を傷つける可能性がある。だからといって表現する自由は奪えないし、私だってこのままおしゃべりを続けたい。ならばその可能性を減らすための努力をするまでだ。このエッセイの連載中も、危うい表現はないか、炎上したりしないかと担当編集（て）氏は神経を尖らせ、相当ピリピリしていたようだ。それが仕事とはいえ、ほんとうにおつかれさまでした。

大切なのは目の前にいる相手――相手が目の前にいない場合は不特定多数のだれか――の境遇をどこまで慮《おもんぱか》れるかに尽きるんじゃないだろうか。名前や年齢や生まれた場所や家庭環境や恋人の有無やなんやかんや、相手の情報などなにひとつ知らなかったとしても、想像力さえ働かせれば楽しいおしゃべりはいくらでもできる。「セクハラパワハラ言われたらなんにも言えなくなっちゃうよー」なんてことを平気でのたまう人はそこから出直してほしい。もちろん私にその想像力が足りているかといったらそういうわけではまったくない。取りこぼしているものもたくさんあるだろう。この本を読んで傷つく人だっておそらくゼロではないだろう。批判を受ける覚悟はいつでもできている。

かつてないスピードで価値観の刷新が行われている現代において、昨日までＯＫだったことが今日になったらアウトになっている——なんて経験をしたことのある人も少なくないだろう（それは今日になったからアウトなのではなく、昨日もその前もず————っと昔からそもそもアウトだったんだけど）。私自身、アップデートが追いつかなくて日々やらかしてばかりいるが、この連載を一冊にまとめるにあたって、よほど差別的だったり偏見を助長するような表現でないかぎり、当時の感覚をそのまま残すことにした。二〇二一年現在の感覚で修正したところでどうせいずれは古くなるのだから、ならばいっそアーカイブとして残しておくほうがいいのではないかという判断である。木村花《きむらはな》さんの事件を受けて、『テラスハウス』について書いた個所を削除しようか迷ったが、そのままにした。その代わり、直接触れているわけではないけれど、「きみは月」は彼女のことを念頭に置いて書いたものである。あの事件以降、私は大好きだったリアリティ番組の視聴をいっさいやめた。なお、人によっては「古っ！」と怖気《おぞけ》立つような言葉遣いや引用や比喩が散見されるかもしれないが、それらはすべて連載時から「古っ！」だったし、「じぇじぇじぇっ」のあたりは書いた本人でさえ凍えそうになりながら「ママで」通したのでどうか安心してほしい。

最後に、連載から単行本までお世話になった担当編集（て）氏、とってもすてきな装画を描いてくださったイラストレーターの深川優さん、装幀を手掛けてくださった新潮社装幀室の（た）氏、「考える人」の担当（し）氏、連載用のヘッダーにすてきな題字とイラストを描いてくださったイラストレーターのますこえりさん、そもそもの連載のきっかけを与えてくださった（う）氏と連載媒体の移籍を促してくださった（は）氏、ネタにしてしまった家族と友人、いまはもうどこにいるのかもわからないみんなたち、道ですれちがっただけの人、連載を追いかけてくださった読者の方々、私の生活をゆたかに彩りさまざまなインスピレーションを与えてくれる数々のエンターテイメント&アート作品とその制作者の方々、それから我が推したちよ！　あなたたちあっての私だし、あなたたちのおかげでこの本が生まれました。

そして、この本を手に取ってくださったあなたに出会えた奇跡にマジ感謝して最後のおしゃべりを終わりにしようと思う。

今日も明日も、十年後二十年後百年先まで、楽しくおしゃべりしていようね。

初出

考える人　2019年9月18日～2021年3月17日配信
「はじめに」「祖母の名前　할머니　성함」
「長いおしゃべりの果てに——あとがきにかえて」は書下ろし

装画　深川優

Women's Lifetime
Toriko Yoshikawa

おんなのじかん

著 者
吉川《よしかわ》トリコ
発 行
2021年9月25日

発行者　佐藤隆信
発行所　株式会社新潮社
〒162-8711 東京都新宿区矢来町71
電話 編集部03-3266-5411
読者係03-3266-5111
https://www.shinchosha.co.jp

装幀
新潮社装幀室
印刷所
株式会社光邦
製本所
株式会社大進堂

乱丁・落丁本は、ご面倒ですが小社読者係宛お送り下さい。
送料小社負担にてお取替えいたします。
価格はカバーに表示してあります。

ISBN978-4-10-472503-8　C0095